茅盾研究
八十年書系

錢振綱・鍾桂松◎主編

黃人影◎編

2

茅盾論

花木蘭文化出版社

國家圖書館出版品預行編目資料

茅盾論／黃人影 編 — 初版 — 新北市：花木蘭文化出版社，
2014〔民 103〕
目 2+138 面；19×26 公分
（茅盾研究八十年書系；第 2 冊）
ISBN：978-986-322-693-2（精裝）
1.沈德鴻 2.中國當代文學 3.文學評論
820.908   103010063

中國茅盾研究會《茅盾研究八十年書系》編委會

主　編：錢振綱　鍾桂松

副主編：許建輝　王中忱　李　玲

特邀顧問：

邵伯周　孫中田　莊鍾慶　丁爾綱　萬樹玉　李　岫

王嘉良　李廣德　翟德耀　李庶長　高利克　唐金海

茅盾研究八十年書系
第 二 冊

ISBN-978-986-322-693-2
9 789863 226932
ISBN：978-986-322-693-2

茅盾論

本書據上海光華書局，1933 年 2 月版重印

編　　者　黃人影
主　　編　錢振綱　鍾桂松
總 編 輯　杜潔祥
副總編輯　楊嘉樂
編　　輯　許郁翎
出　　版　花木蘭文化出版社
社　　長　高小娟
聯絡地址　235 新北市中和區中安街七二號十三樓
　　　　　電話：02-2923-1455／傳眞：02-2923-1452
網　　址　http://www.huamulan.tw 信箱 hml810518@gmail.com
印　　刷　普羅文化出版廣告事業
初　　版　2014 年 7 月
定　　價　60 冊（精裝）新台幣 120,000 元

茅盾論

黃人影 編

作者簡介

黃人影，原名顧鳳城。

顧鳳城（1908～約1940）字仞千，筆名小萍、潔梅、潔梅女士、潔梅姑娘、凌梅、黃人影等。顧鳳城是江蘇無錫人，曾任上海泰東書局、光華書局、樂華圖書公司編輯、總編輯等職。編著出版有《新文藝辭典》、《新知識辭典》、《中外文學家辭典》、《郭沫若論》、《創造社論》、《茅盾論》、《中國當代女作家論》、《文藝創作辭典》、《新興文學概論》、《中學生文藝辭典》、《社會科學回答》、《文壇印象記》等著作，並著有《沒落的靈魂》等作品。

提　要

本書由上海光華書局於1933年2月出版，是茅盾研究的第二部單行本著作。該書共收自1928年至1932年茅盾評論文章17篇。第一篇是顧鳳城化名凌梅所作的《茅盾小傳》。第十三篇是作為附錄的茅盾的文章《從牯嶺到東京》。其他15篇文章是有關茅盾1927年到1932年所作小說和文學主張的評論。在所收17篇文章中，11篇是伏志英的《茅盾評傳》收錄過的，6篇是新收的。6篇新收錄的文章是凌梅的《茅盾小傳》、克生的《茅盾與動搖》、賀玉波的《茅盾的〈路〉》、錄自《現代》一卷四期的《路》、蘇汶的《讀〈三人行〉》，易嘉的《談談〈三人行〉》。通過這些新增的文章，讀者可以窺見1932年茅盾評論的進展情況。

原書編輯得相當粗糙，主要體現在以下兩個方面：一是原書目錄只展示了前11篇文章的標題，後面的6篇文章標題在目錄中沒有顯示。二是前面標有「附錄」字樣的茅盾的《從牯嶺到東京》按編輯慣例應放在書的後部，而原書卻誤置於中部。本次重印我們根據原書實際所收篇目將目錄補齊，但為顯示原書面貌，對茅盾的《從牯嶺到東京》的位置及標目一概不作變動。

目

次

茅盾小傳

凌　梅

　　茅盾是中國當代文壇上一位老作家沈雁冰氏的筆名。

　　現年三十一歲，浙江桐鄉人。

　　沈氏是中國最早提倡新文學運動的一人，對於提倡新文學運動，尤其不遺餘力。最初主編《小說月報》，他一方面從事於東西洋文學之介紹，一方面推薦了許多國內的優秀的創作，並努力於翻譯與批評的工作。

　　廣東國民革命軍出師北伐，氏即加入政治團體，努力於革命運動。武漢時代，任《民國日報》主筆。

　　國共分裂後，氏捨棄政治生涯，潛回上海，埋頭於三部曲──《幻滅》，《動搖》，《追求》──之寫作，時正一九二七年，八月中也。

　　三部曲都以小資產階級的青年為中心人物，描寫在大革命時代中的浮沉，有極濃厚的時代色彩，刻劃了中國一九二七年大革命的一幅剪影。

　　三部曲出版後，受到時代青年的熱烈的歡迎，認為作者係表現小資產階級知識分子的最好的典型作家。

　　後又至日本，度了短期的戀愛生活，同時復努力於創作。復寫了長篇小說《虹》，短篇小說《野薔薇》（內包含《創造》，《自殺》，《一個女性》，《詩與散文》，《曇》等五篇。）

　　最近作者又以M‧D的筆名出版了小說和隨筆的合集《宿莽》。

　　作者創作的特點是流暢生動的文筆，尤其擅於描寫青春女性的心理，細膩而熨貼，栩栩如生。如《追求》中的章秋柳，《詩與散文》中的桂奶奶，《陀螺》中的二位女性，都各有其個性與特點，作者文筆之老練，表現時代青年的心理，非其他作家可比。

文藝的新路

虛　白

——讀了茅盾的《從牯嶺到東京》之後——

在這中國的文藝界既拆去了他幾千年陳舊的基礎，還沒有醞釀出十分完善的設計的絕續之交，剛遇上革命潮流洶湧澎湃，激盪得生活動搖，人心惶惑，人人裝著滿肚子說不出的苦悶，鬱勃，於是叫的叫，跳的跳，不擇手段地藉著文藝來宣洩蘊藏在他們心底裏的火陷。我們雖覺得這種現象決不是文藝的正軌，可也很同情地認定這是牠進化中必經的過程；他們的作品確乎是粗糙，他們的趨勢確乎走上了歧途，然而這是過渡時代不能免的一種醞釀，誰知道在粗糙中不會產生出純淨，由歧路中不能回到大道上去呢？所以這種現象是用不著悲觀，也犯不上反對攻擊的，我們祇應該取鎮靜的態度去找尋進展的新路；既不該混在人堆裏跟著大夥兒亂嚷，也不該跳出人堆站在路旁乾罵；因為這些多是不經濟的浪費。

我讀到《小說月報》第十九卷，第十九號上茅盾的《從牯嶺到東京》那篇隨筆，不覺驚喜地發見我的主張有了這樣一位同調者，並且他竟清晰地指給我們一條可以遵循的文藝的新路。這是多麼快意的一種發見呀！在這篇隨筆裏，他說，現在的「新作品」走入了「標語口號文學」的絕路，有革命熱情而忽略於文藝的本質；並且革命文藝的讀者的對象該是無產階級，而無產階級卻決不能了解這種太歐化或是太文言化的革命文藝。他說，「我相信我們的新文藝需要一個廣大的讀者對象，我們不得不從青年學生推廣到小資產階級的市民，我們要聲訴他們的痛苦，我們要激動他們的熱情。」總之，茅盾觀察到我們「新文藝」的讀者實在祇是小資產階級，所以他決心要做小資產階級所能了解和同情的文藝了。這就是他指給我們的新路。

上面說過，革命文藝是過渡時代的醞釀現象，我們祇當牠是潑翻在桌子

上的火酒，雖然燃著時烘烘烈烈地很有些驚人，可是不必驚惶，不須撲救，
牠自己就會烤乾了一切無著的火面，祗賸下在爐子裏值得永生的一簇光明。
我們正當的任務當然是要去尋找這光明的所在。那末光明在那裏呢？茅盾
說，在去除歐化，去除術語，去除象徵，去除正面說教，消滅悲觀頹喪，消
滅狂喊口號，努力著做小資產階級所能了解和同情的新文藝。他這種態度和
這些條件是準確的，並且跟我們向來的主張有許多不謀而合的地方，倘然能
努力地照這個方式前進，我們可以預祝他前途的燦爛；然而，他的動機卻是
一個重大的錯誤，恕我冒昧，實在跟革命文藝的作家犯了同樣的錯誤。因為
這是茅盾所闢的新路的出發點，是一個根本問題，所以我想不嫌煩碎的來討
論一下。

　　第一，我們該認明文藝是沒有時間性也沒有階級性的一個整個，不論牠
為的是人生或為的是藝術，永遠是一個拆不開的整個，決不能給人家雞零狗
碎地切成了片段來供給某一時代或某一部份人所獨享的。上古的文藝專為帝
王，中古專為宗教，近古為貴族，近代為中產階級，我們覺悟的現代人說他
們是襲斷思想的獨裁者，那末，現在又高唱著為無產階級，為小資產階級的
口號，難道就算不是壟斷的獨裁者嗎？我們為了要保存文藝的真價值，該說
一句公道話；文藝不是一件工具，牠的產生是大自然光明的顯露，決不存著
為那個產生的偏見；牠是一盞永生不滅的明燈，可以燭照上下古今無窮盡的
期間，宇宙內一切物質纖維的內在；明瞭些說，牠是無時間，無空間的光明。
凡要硬給文藝規定某種目標的舉動，是錯認了文藝，不，簡直侮蔑了文藝。

　　然而，偉大的文藝好比一塊磐石，有幾個得天獨厚的天才者能有這種神
力去獨自槓起這整個來表現呢？千古的天才，能肩得起這副重擔的，的確祗
有數得清的幾個；莎士比亞，托爾斯泰，歌德，囂俄以外，彷彿就沒有可以
算穀得上這資格的了。那麼，難道此外的作者就不能表現文藝了嗎？這成了
一種多麼怪僻的議論，我們決不存這種意思。文藝的本體固然是整個，而表
現者因力量的薄弱，不妨就著自己的範圍來表現這整個的局部；各個局部的
表現錯綜著，交換著，各發著異采，各顯著特長，纔可以組織成這一個燦爛
光明的整個。高斯渥綏（Galsworthy）關於這層有很透闢的幾句話道：

　　　　這（文藝）是一個人和別個人中間起的一種持續的，無意識的
　　交換作用——無論那交換的時間怎樣的暫；這是人類生活的真正黏
　　膠；這是長存的爽神作用和更新作用。……

　　有了這種黏性和爽神更新的作用，文藝因此永遠是整個的，是光明燦爛的。作者雖選定了局部做他努力的園地，心目中卻該永遠保存著整個的映象。他祇可自勉地說：「我要忠實地表現這局部去加入牠光明的整個。」他不該懵懂地錯認了這局部就是文藝的全體，更不該高揭著號召的旗幟，叫一時代的作者大夥兒跟著他把所有的精力集中在他所規定的這個局部內，所以無產階級文學跟小資產階級文學都有存在的可能，並且都有無窮的希望，倘然作者真能表現出這局部的光明來，若說這就是一個時代文藝獨一的趨勢，一切作家必趨的路徑，那就變成了一個重大的錯誤，因為所謂趨勢，所謂潮流是後人事後追溯算總賬時的名詞，是自然的，不是人為的。這就是茅盾無意中蹈上了革命文藝的覆轍。

　　第二點我們該討論到茅盾動機的錯誤。他過份關心了讀者，卻忘記了作者的本身。文藝家表現的動機，葛爾孟 Gourmont 說得很清楚，他道：

　　　　一個人著書的唯一理由是要表現自己；要把自己個人那面鏡子所反映出來的世界呈現給別人看：……

　　所以我想警告一切作家，在他們努力寫作的時候，千萬別忘記了這是自己的表現。不幸茅盾竟疏忽了這一點。他說，因為「新文藝」的讀者是小資產階級，所以他決心要做為他們的文學；他的意思就在那裡暗示「新文藝」的作者都應該做小資產階級的文藝。茅盾說這句話時，可沒有明白我們這自作聰明的人類實在祇有極狹窄的天地，跳來跳去總不跳不出「自我」的範圍以外去的。法郎士 France 曾經說道：

　　　　……凡彼自詡其著作中除「自我」而外尚有他物者，皆惑於極背謬之周見。實則我人決不能越出自身的範圍。這是我人最大不幸之一。……我們被封鎖在自己的身體裏面，如在一種永遠的監獄裏一般。……

　　我們沒有天主般的萬能，也沒有釋迦般的法身，在提筆寫作的時候，祇可很可憐地想一想，「自我」所守困的這個監獄了。究竟有幾個飛簷走壁的能手能衝破這一座銅牆鐵壁呢？茅盾的主張「新文藝」該趨上小資產階級文學這條這路，就忘記了每個人都有這一座難以衝破的牆壁。然而，設使一切作家都是在一個範圍裏面，換句話說，都是小資產階級，茅盾這主張雖錯誤了動機，卻還不至犯革命文藝家同樣的武斷的毛病，祇可惜沒有人能準確地證明小資產階級以外的確沒有文藝家了。在目前的現狀中，大半作家確乎都是小資產階級——就連那為勞工呼號的革命文藝家也何嘗是無產者呢——可是

我們有何威權可以說除開這幾個作家以外其餘的作家就不是代表別一個階級的靈魂了呢？我們既不能說出這樣籠統的斷語，那我們就決不該硬把整個的文藝在某一時期中劃給某一階級的人。

況且茅盾的意思始終沒有在作者身上著想過。戲台上唱戲，照著各人的天才，分配出生，且，淨，丑各種角色；歌隊裏的歌唱，照著各人的嗓音，分配出四種高低的音級。現在忽然來了一個人，比仿說，要一切角色不准扮別的，祇准扮丑，要一切歌者不准唱別樣音級，祇准唱 base，這不是叫小孩聽了也要覺得是怪誕的嗎？茅盾雖沒有這種強橫的態度，他的措辭裏很容易使人誤會他有這樣的希望。

茅盾想努力於小資產階級的文藝，我是極端的贊成，因為我知道他是這個階級裏的人；他主張現代的作家都要努力於小資產階級的文藝，我也極端的贊成，因為我知道他們很少不是這個階級裏的人；並且，茅盾的議論倘能放掉了兩個字——就是把「讀者」改成了「作者」——我也可以表誠摯的同情。

然而這就是真正文藝的新路嗎？我不敢盲從。在沒有出發找尋正路的以前，我們先應該摸清楚究竟文藝是那裡來的。高斯渥綏告訴我們道：

> ……因為我們是關在我們自己裏面的，所以不時覺得有一種癢，要出來。如果我們被文藝偷偷地從我們身上帶了出來，那末我們那種癢就得到了一剎那的舒泰，也可說我們得到了一剎那不可明言的——而且彷彿是秘密的——解放。

繆塞 Alfred Musset 又說道：

> 文學是在別人身上喚起那些足以鼓舞自己的胸懷的感想。

叔本華 Schopenhauer 以為世界祇是「我」的代表。我不能見物之存在；我以為是存在的，實在祇是我所見的，天下有多少能思想的人，便有多少差異的且至不同的世界。所以「藝術為藝術」的作家當然是表現自己的內在，不必說，就是主張「藝術為人生」的托爾斯泰和極端客觀描寫的寫實作家像襲古兄弟等，能說不是表現「自我」的所感和所見嗎？能說不是表現他獨自的，與別人迥乎不同的一個世界嗎？要證明我這句話是極容易的；假使兩個素擅客觀描寫的作家，在同時，同地遇見一件故事，立刻都拉起筆來敘述出來，論理應該完全相同的了，可是我敢決定他們決不能一致的。這為什麼？祇因他們是在兩個世界裏的，這一個有這一個的「自我」，那一個有那一個「自我」。

所以無論那一派文學，都是「自我」的表現，所以謂客觀和主觀，祇可

說是「自我」色彩明晦的分別。「自我」是思想的主體，也就是作品的泉源，世界和「自我」以外的一切，祇依著「自我」所構成的思想的形態而呈露在一切作家的作品裏。並且，高尚的文藝作品之所以能超出於其他讀物之上而給人類以無上興趣的秘密，就在牠能把一切枯燥的現實在神妙的靈魂裏經過一番煆煉之後而發出異常的光芒。所以扔開了「自我」，文藝就遺失了存在。

宇宙間的一切現象都是許多箇體錯綜著，相互著組織成的整個。這些箇體，各各不同的「自我」，卻有神祕的吸引力相互地黏合著；這是一個極神祕的團結，無論在那一點上都拆不開的，而每一個箇體卻是獨立著活動，於不措意中影響到全體的現象。這就是作家與文藝真實的關係。明瞭些說，每個作家雖各自獨立地進展，而彼此間實在有拆不開的關連，在不措意中造成了一時代文藝潮流的趨向。

所以文藝的趨向是用不著領導，用不著高呼口號的。硬分階級，固然是無聊，就是給牠清理出什麼浪漫派，寫實派等等的名目也不是作者所應該措意的。我是個作家，我的工作祇在修養我自己的靈魂，目的在使牠能發揚出我內在的光明。文藝的園地是一片極自由而極豐饒的場所。每個有天才的作家，不論他是屬何階級，總希望從他靈魂的內在抽出一種有價值的光芒來助成這全體的偉大。

總結說，我們以為文藝決沒有一條共同的道路，每個作家各有他最適合的路徑。現在，我們該提倡的是要叫一切作家去找尋他們發展「自我」的路徑，不能指定了一條路叫一切作家都跟著我們走。茅盾是找著了他的路了，可不一定就是大家共同該走的路。

文藝家不是萬能的天主，在這個世界裏的人決不能代表別一個世界裏的靈魂。我希望一般沒有在無產階級裏生活過的作家，為他們自己的天才計，別再這樣叫著跳著的浪費了！我希望他們擱下了組織空中樓閣的筆墨，留神找一找把個「我」遺忘到那一個暗角里去了！我希望他們不要把這個「我」看得半文錢不值。倘能找得著，趕快拾起來，擦擦洗洗，也未嘗不能給我們驚人的一鳴的呀！老實說，虛偽的假面具，在文藝之園裏是不允許的，並且到底是要消滅的。大家醒醒吧！

一切階級表現一切階級，每個作者找尋自己的新路；這可以算是我的口號，倘然我想學時髦的話。

一七・十一・四日晨五時。在真美善編輯所。

茅盾創作的考察

賀玉波

序　引

　　茅盾是個經歷從一九二六年起的中國革命運動的作者，據說他先前曾編過某種文學雜誌，隨後赴廣東教書（？），又轉赴武漢辦報，實地經驗當時的革命生活。後來因病赴牯嶺養病，病愈渡海久住東京，一直到去年才回國。他的創作有三本：《蝕》（分《幻滅》，《動搖》，《追求》三篇，通稱《茅盾三部曲》），《野薔薇》，和《虹》。此外還有《文藝理論》，就是：《從牯嶺到東京》，《寫在〈野薔薇〉的前面》，和《讀〈倪煥之〉》。

　　他的作品的特點就是染有濃厚的時代色彩，專門借了戀愛的外衣而表現革命時代裏的社會現象，以及當時中國的一般革命事實，革命後的幻滅，動搖，和悲哀。而青年男女的戀愛心理的分析，尤其是他的特長。不過所描寫的戀愛心理大都帶有感傷的病態的成分。他最歡喜以女子作小說的主人公；尤其歡喜描寫帶有世紀末的頹廢思想的女性典型。

　　他所描寫的人物全是一般染有濃厚的時代色彩的青年，而富有一種沒落，幻滅，感傷的情調。描寫偏重於心理方面，也可說這就是他的特點。至於技巧卻是客觀的舊寫實主義，因之在描寫方面發生了許多令人不十分滿意的地方。現在且分開來考察他的創作。

一

《幻滅》

故事的述略

　　靜是Ｓ大學的學生，住在校外。她的女友慧女士從外國回到上海，來到她的寓所訪問。慧是個飽嘗愛情的辛酸的人，對於男子極端地不信任，採一種玩弄報復的政策。在言談之間，靜不知不覺多少受了她的影響。靜的男同學抱素第一次來訪她，利用同學所造他倆戀愛的謠言，來試探她的態度。他是個虛偽的，戀愛狂的，說話迎合女子心理的青年。但是這時靜對他沒有愛的表示。

　　慧因為一時難找到職業，又不見容於她的哥嫂，便搬到靜的寓所同住。抱素常常藉故在靜處來往，因之又愛上了慧。他們三人到影戲院去過，鬧過很短期間的三角戀愛。但是抱素竟丟開了靜，而一心追逐慧了。他們在法國公園內共餐，談心，擁抱，接吻，鬧了一幕戀愛的喜劇。慧畢竟堅守自己的主張，對抱素決不表示好感，只求敷衍。而抱素同時又因探得了她以前的祕密，便和她決裂，因此她突然別了靜，離開上海回去了。

　　於是，抱素又繼續向靜進攻。他用了乖巧的言語和手段，竟在靜處過了一夜，把她騙上了手，誰知道在第二天她從他遺留在桌上的記事冊中發現了他的祕密。原來他是有愛人而把她拋棄了的，並且又是個軍閥的暗探，她從此陷入幻滅的悲哀了。便裝病進了醫院，以避抱素的糾纏，到進醫院的翌日，她果然病了；害的是腥紅熱。在醫院中，靜遇見了Ｓ大學的同學史俊，李克，趙赤珠女士，王詩陶女士等。因了史俊的慫恿，靜便和他們往武漢去做革命工作。因此她又重複鼓舞起來了。在那兒，她遇見了慧女士，她們都是做革命工作的同志，時相來往。

　　在工作時期，靜窺知了政治人物的醜態，並且感到了自己工作的不滿，曾幾次陷入了幻滅的悲哀，後來，經慧女士的介紹，在傷兵病院當看護婦。在這兒，認識了年輕的強連長。他是個未來主義者，是為戰爭而戰爭的。她愛上了他，而他也愛上了她，於是他們兩人相約而赴廬山去度蜜月。在山上，靜的精神非常興奮；和強連長過著強烈的肉的生活。此外，她有許多新的憧憬。可是，強連長因為未曾脫離軍籍，又被武裝同志邀赴戰場，做他那未來主義者的夢去了。而靜從此便跌入了深坑。她屢次追求新的憧憬，結果，屢次感到幻滅的悲哀。

思　想

「……題目是《幻滅》。描寫的主要點也就是幻滅。」這是作者的自白。一點不錯，《幻滅》給與我們的印象只是一個幻滅罷了。全篇只充盈了濃厚的灰色的悲哀。作者借了一個小資產階級的女子而描出小資產階級對於革命的幻滅的心理。他的表現方法對於他自己可算是成功的，因為他始終不曾越過題目之外。他說過「我有點幻滅，我悲觀，我消沉，我很老實的表現在三篇小說裏。」於是便把《幻滅》弄得幻滅，悲觀，消沉了。

從一九二七年起，在革命的浪潮中，政治上發生了幾次變化，有一般意志不堅強的青年對於革命感到了懷疑。因懷疑的結果，他們徘徊於歧途，莫知所從，而畢竟感到幻滅的悲哀。因為他們所處的地位是非常動搖的，因之時常輾轉於革命或反革命的戰線中，甚至結果完全退縮，離革命的陣線很遠，而獨自做他們幻滅的好夢，作者就是以這種心情而寫成這篇作品的。所以所表現的完全就是些意志不堅強的青年在革命浪潮中可笑的游離和幻滅的心理。

作者站在他自己的地位上，拿了客觀的寫實主義的照相機，而對革命浪潮攝取了一斷片———一般猶豫青年對於革命的幻滅，卻疏忽了其他的部分———部分斷續奮鬥，努力於革命的勢力。即使僅僅攝取那一斷片，也不失為妥當的材料，只要他所站的立場正確。但是，他不是這樣，於是產生了一篇消沉，悲觀，充滿了灰色幻滅的作品，而這種作品卻在革命勢力中散佈了大量的毒氣，使一部分意志薄弱的革命戰士灰心而退縮。這就是作者留給我們的壞影響了！

技　巧

從第一章至第八章描寫主人公靜的學校生活。慧女士是作者用來和靜對照的，前者是「老練精幹」（P.97）所說的話語「剛毅有決斷而且通達世情」（P.98），後者是「怯弱，嫵婉，多愁，而且沒主意」（P.97），不過兩者都是嬌貴的小資產階級的女子。第一章至第三章寫靜，慧，抱素三個人的關係。第四章是說抱素丟了靜而去愛慧，其用意也是在靜愛抱素的事實之前，以表示慧與靜兩人對男性的態度不同。第五章太壞，寫得太注重於側面了。要不是為了說出幾個與第十一章有關係的人物的緣故，這章簡直無加入之必要，第六章是比較好的一章，佈局也算適當。第七章則於情理不合，事實變化得太快：以抱素那樣精明的人，決不會粗心至此，竟將記事冊以及祕密信件遺掉

在靜處，這兒有作者故意賣弄結構手腕的樣子，其實是他的毛病。第八章是以後各章的橋樑。從第九章到第十四章是寫靜的革命生活。第九章的誓師典禮寫得太草率，內容也過於簡單。第十章諷刺政治人物的醜態，恰到好處。第十一章又無多大關係，不過是引出後三章的線索罷了。第十二章情節還好，尤其以寫強連長的戰場經過語爲最好。第十三章寫得平常，作者應該在此提出緊張的軍事行動，以產生下章，但他沒有顧及，這是失敗的地方。最後一章也只是淡然。總之作者的精神似乎集中在前八章，而疏忽了以後各章。爲了使讀者明瞭這篇事實的結構起見，列一圖解如下：——

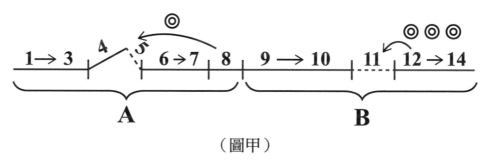

（圖甲）

〔附註〕數字代表章數，斜線表示離了主人公的描寫，虛線表示不重要的情節，箭頭表示下章的出處，雙圈用作重心的符號，英文字母代表兩部。

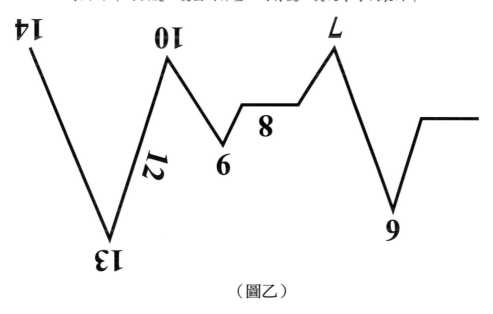

（圖乙）

〔附註〕圖乙是顯示這篇作品中的 Climax 的。

作者對於人物個性的描寫很是不差，像靜那種嬌羞，溫柔，沒主意的性情到處都可以碰到。慧女士我們一見便知道她是比較靜老於世故的女子。她不容易上男子的當。抱素那種虛僞，卑鄙的態度也寫得很適當。至於小資產階級女子的脆弱心理的描寫，作者更其擅長。不過使我們失望的就是他每每參加些主觀的語句，不免損傷客觀描寫的眞實。譬如「我們的『小姐』愕然了，」（P.15）「我們看見他們三人坐在一排椅上，」（P.20）「但是你也不能說靜女士不美……你終於受了包圍，只好『繳械處分』了，」（P.21）「深深噓了口氣——你幾乎以爲就是嘆息」（P.30）等等就是帶了主觀性的語句，這些都是應該避免的。

二

《動搖》

故事的述略

（一）關於劣紳胡國光　胡國光的家庭的醜態，姨太太的卑劣行爲，兒子胡炳的不肖。他自己想攢入商民協會這種投機的情形。雖然與王榮昌店主王泰記商議，冒該店之名而爭選商協委員，但以他人反對，終未成功。以後又利用店員加薪運動，冒充革命份子，以特派員史俊之提拔而充當縣黨部常務委員。與陸慕游勾結，而利用劣紳地痞與方羅蘭派爭權。以至弄得縣城大紛亂，人民非常恐慌。後又暗通敵軍。

（二）關於方羅蘭　方羅蘭是縣黨部委員兼商民部長。他是個沒有才幹的人。有兩事可以證明。一，他對於店員風潮無定見，而且自己對於政治工作已發生動搖，以至像胡國光那樣投機的份子，竟讓他混入黨部，而不去設法控制。二，他已發現他的太太的肉體不能滿意，而有迷戀婦女協會的孫舞陽之野心。但終竟沒有勇氣對他太太說出眞情，鬧得家庭時起風波。幸得孫舞陽是個浪漫的女子，肉體雖可以讓男性擁抱，卻不一定就誠心去戀愛。後來方羅蘭看出她的眞性來，才摒棄追逐她的野心。他無論對於政治或家事都沒有定見，徬徨於歧途，而自己發生動搖。

（三）關於孫舞陽，張小姐，劉小姐，孫舞陽是個浪漫成性的女子，和《幻滅》中的慧女士同一模型。她在婦女協會辦事，對於革命工作亦無多大能力，反之，對男性的誘惑則十分露骨。她愛方羅蘭，又不忍他和太太離婚。她是個玩弄男性的女子。張小姐和劉小姐都是些閨秀之類的人物，雖列身於婦女部，也不過只做了一種點綴而已。

（四）關於史俊和李克，史俊和李克都是省方前後派來的特派員；前者是來解決店員風潮的，而後者是來解決胡國光派所主動的農協的動亂的。史俊是個胡鬧的沒有見識的人，所以他推薦了胡國光作縣黨部常務委員。李克呢，卻與他相反，在解決糾紛之後，竟主張查辦胡國光。但他因此便挨了一頓飽打。（其他人物的事跡不甚重要，故略）

思　想

一九二七年確實是中國革命運動瞬息變化的一個時期。那時革命運動失去了正確的引導，一時向左轉，左到亂殺亂搶，甚至於強迫地推翻了一切傳統的風俗禮教；一時向右轉，右到從事報復，亂殺亂搶，又演了一幕，甚至於稍帶有解放的新思想或新行為的人都要橫遭殺戮和監禁。不消說。青年處在這個時期，實在萬分危險，有左右為難之苦。同樣，一般黨務政治工作人員也感到這樣的危險。於是，他們自己對於革命起了動搖，幻滅而消沉。

作者在這篇裏所描寫就是這種動搖，即是「革命鬥爭劇烈的從事革命工作者的動搖。」胡國光就是激烈派的一個例子；真正的主人公，如作者所說，卻是方羅蘭。他不但對革命工作以及自己的思想發生了動搖，而且對於戀愛也同樣發生了動搖。篇中從事革命工作的人物完全是動搖份子。他們為了一時自己的利益或興奮而去革命，一到與他們自己有衝突的時候，他便發生了動搖，而幻滅，而退縮，這原是猶豫份子的劣根性。那時候的革命人物似乎完全是這樣的。作者能把他們的動搖心理明晰地分析在這篇裏，是很難得的。不過作者所描寫的只是一輩猶移的革命青年，而疏忽了一部正在鬥爭中的毫未發生動搖的真正革命者，以及無數能革命但因被迫以至頹喪的青年。當然，對於革命沒有深刻認識而且尚未改變猶移心理的這種人所領導的革命是脫離了革命的正軌的。在這種革命中，只充滿了投機與動搖，可是真正的健全的革命人物，定相反的。他們認得清時代的變亂，了解革命與反革命，因之在劇烈的革命鬥爭的時期，他們不但不動搖，反而增加了革命的勇氣。可惜作者不曾見到這一面！這是一定的。因為他描寫這篇所站的立場與描寫《幻滅》所站一樣的緣故。

技　巧

全篇以戀愛和革命兩事件為題材，結構複雜，相互穿插，使人初看摸不清頭腦。我們如果用科學方法來解剖這篇結構，則得以下兩個圖解，一，以人物為主的（如圖丙）；二，以事件為主的（如圖丁）。

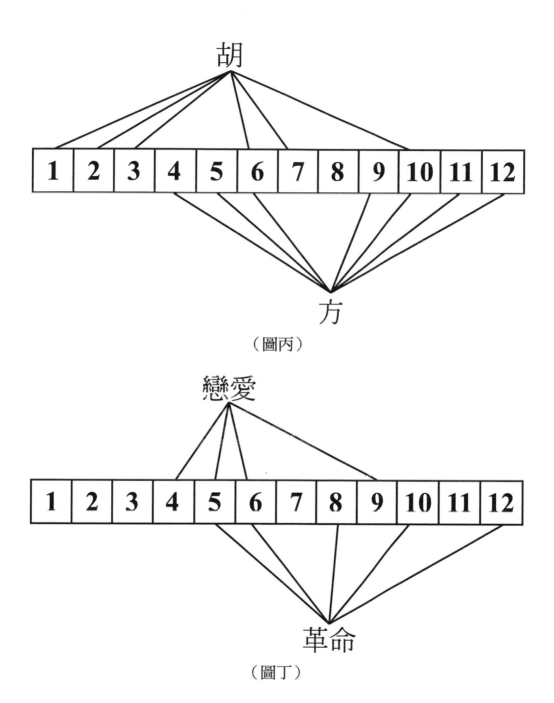

（圖丙）

（圖丁）

〔附註〕數字代表章數，加在章上的線表示在此章所發生的事體。

　　此外有許多附屬的情節，無須一一敘出。全篇的重心在第九，十，十一這三章。

　　作者處理這樣廣大題材的方法，已現出了許多破綻。因爲所描寫的主要人物有好幾個，同時因爲附屬的情節太多，自然免不了顧此失彼的疏忽。我現在把牠們舉出來，認爲是有考慮之必要的。第三章內陸慕游父親與錢學究談世事一段可刪去。第四章內方羅蘭和胡國光兩人的描寫應該分作兩章，或另與他章相併。同樣，第四章從 P.164 第 6 行起應該分開作另一章。首段的作者的說話太糟糕，是一種結構上的梗塞，應刪去。但 P.42 的省略法最好，爲一般作者少有的技巧。第七章描寫得不近人情；像陸慕游初見寡婦錢素貞時便和她吊上立即性交，這種情節是不會有的。又 P.221 方羅蘭上街打聽軍事消息這節也不合理；以他那樣黨部要人，對於附近的軍事消息，焉有不知的道理。這些雖然是小節，卻影響於全篇。

　　這篇人物的個性描寫很好。「胡國光一臉奸滑」（P.35），「王榮昌通身俗骨」（P.35），方羅蘭的改良主義以及思想的動搖等描寫都是作者值得誇口的。尤其是青年男女的戀愛心理分析得無微不至。至於描寫女性的嫉妒心理也很洽情，如（P.155）的一段對話是很有趣味的：

　　　　你究竟愛不愛孫舞陽？

　　　　說過不止一次了，我和她沒關係。

　　　　你想不想愛她？

　　　　講你不要再提到她，永遠不要想著她。不行麼？

　　　　我偏要提到她。孫舞陽，孫舞陽……

　　總之，這篇雖然有許多缺陷，但在現代我國的文學作品中，實難找到幾本有同樣價值的。因爲一九二七年來幾年的中國革命的實況被作者抓住了一部分，而反映在這篇中了。

三

《追求》

故事的述略

　　全篇分爲八章，是描寫一羣對於革命生活起了幻滅而又不甘墮落各自追求的青年。主要的人物有三對。爲便利起見，我們不按章次，只根據人物而把故事簡單地說明吧。首先從王仲昭和陸俊卿女士說起。仲昭爲了一個新的憧憬——他的愛人陸俊卿——而努力於新聞事業的改革，希望以此獲得愛人的歡心。他是個腳踏實地的半步主義者，不好高務遠，只求在事實上有著慢

慢的進展。但是，他改革新聞的計劃終於失敗了，這是他事業上的追求的失敗。到後來他所追求快到手的愛人竟遇險傷頰，改變了原來的面目。

其次就是張曼青和朱近如女士。曼青主張在教育事業上努力，以教育改革紛亂的社會問題。同時他的理想的妻子以刻苦，沉著，切實做人的女性為合意。他以這標準而去尋找戀人。他找到了先前有過一度關係的章秋柳女士，但她終竟是個放浪不羈的女性，不合他的選擇。最後他找到同事教員朱近如女士。他倆結了婚；但在婚後不久，曼青便覺得他的新夫人於自己的理想不合，而追求的所獲不過是一個饒舌的，刻薄的，嫉妒的女性。在事業和戀愛兩方面的追求，他完全失敗了。

最後要講到章秋柳女士和史循。章女士是個放縱的神經質的女子。她要求強烈的肉的刺激，只顧現在，不管將來。她和《幻滅》中的慧女士，《動搖》中的孫舞陽女士有著同樣的性格；就是對於男性採用玩弄的政策。她為了領略異樣刺激的緣故，進過跳舞場，和男性發狂般地接吻，擁抱，以得到肉的快感。在許多友朋之中，她因為好奇心的驅使，竟愛上了自殺未成的頹廢的史循。她想以她自己的迷人的女性肉體去把史循從頹廢中拯救過來，但是在他們兩度的狂歡後，史循竟因暴疾而死了。於是，她的追求也終歸失敗。

以上是全篇所描寫主要題材，以外尚借了不少的情節來點綴，如；史循的自殺，章秋柳女士玩弄男性的喜劇，章女士，朱女士和張曼青的三角戀愛關係，以及史遁說章女士在吳淞旅館的狂歡等等；要之，這些不過用來以造成全篇罷了。

思　想

　　……所以不能進行得快，就因為我那時發生精神上的苦悶，我的思想在片刻之間會有好幾次往復的衝突，我的情緒忽而高亢灼熱，忽而跌下去，冰一般冷。這是因為我在那時會見了幾個舊友，知道了一些痛心的事——你不為威武所屈的人也許會因親愛者的乖張使你失望而發狂。這些事將來也許會有人知道的。這使得我的作品有一層極厚的悲觀色彩，並且使我的作品有纏綿幽怨和激昂奮發的調子同時並在。《追求》就是這麼一件狂亂的混合物。我的波浪似的起伏的情緒在筆調中顯現出來，從第一頁至最末頁。

　　……他們都不甘昏昏沉沉過去，都要追求一些什麼，然而結果都失敗；甚至於史循要自殺也是失敗了的。我很抱歉，我竟做了這樣頹唐的小說……

　　以上兩段是作者在《從牯嶺到東京》一文中的自白。實在的，這篇的悲觀色彩過於濃厚了。作者好像在告訴我們一切世事盡是空虛的，是要走到幻滅的道路的。全篇的人物都似乎被殘酷的命運之神宰割著，他們雖有各自的個性，有的努力於事業，有的追求強烈的生活的樂趣，但結果，都被命運之神引向了幻滅死亡的道路。作者只看到了人生悲慘的一面，只顧有意地堆砌了一些失敗的事實，而組成一篇作品，以為這是盡了纏綿幽怨和激昂奮發的能事；殊不知疏忽了人生光明這一面，把許多能使我們進前的希望完全抹煞了，免不掉要受一種相當的責難。

　　假定人生真地如作者所描寫的那樣幻滅，失望，試問我們一切的事業有什麼意義和價值可言？我們不必有什麼新的憧憬，只好坐待命運之神的驅遣。可是，事實上不是這樣！無論人生是怎樣痛苦，我們總是要向著光明的途徑去奮鬥。固然許多失敗了，但也有許多成了功。因了我們的這種奮鬥，人生才漸漸尋得了意義，像作者那樣的陰闇，幻滅的思想，只在青年的讀者中撒播了退縮墮落的種子，使他們對於腐惡的社會制度無所改革。

　　作者啊，請你真地要「精神蘇醒過來」，「不再頹唐」，再不做那些賣弄技巧的把戲，「北歐運命女神 Verdandi 在你前面，你要切實地受她的督促和引導」。這是我仿效作者的語氣對他所要說的話。

技　巧

　　在結構方面，簡直找不出 Climax 來，比較《幻滅》《動搖》兩篇平淡多了。第一章只是全篇的序幕，所有的人物都給我們預先賞鑑一次。從第二章起才漸漸分述各人物的故事。一直到第八章，全篇才有個結束。這種結構太過於板滯，彷彿舊式作文法一樣，第二，三章寫得很好，不過後章裏史循的自殺未免太突然些。第四章沒有什麼好處，僅僅描寫了章女士的個性，這章如果刪去，倒比較緊張些，我想。第五章還好，章朱兩女士個性的相差寫得很是生動。第六章又是無甚精彩的一章，由王詩陶女士口中述出趙赤珠女士的賣淫，至多不過給我們一點驚奇，對於全篇簡直無甚關係。第七章，照理本來應該很緊張的，但是作者的描寫卻失敗了，為的是他寫得太過於淫蕩，竟有史循在性交前服丸藥這種情節，這與《性史》的文筆簡直差不多。最後一章不過只依照作者的素願，把三個主要人物的追求寫得失敗罷了，這就算結束了的全篇，讀過了整個故事，我覺得許多地方難以相信，作者的矯柔造作的痕跡在每頁中都可以體會得出來。這也難怪，他是收集了許多友朋的消息而湊成這篇的，難免一種不自然的樣子。

同上面兩篇一樣，作者分析青年男女的戀愛心理是非常適當的，尤其對於青年的病態心理。這篇若無這種精確的心理分析和美好的描寫，那簡直不成一篇東西了。史循的頹廢寫得很像，他對於一切都懷疑，所以他說過，「姓張的，要追求新的憧憬，教育；姓王的，正努力於自己認爲神聖的對象，姓曹姓章的五六個人要立社，不甘於寂寞；姓史的，卻在盤算著如何自殺。但在懷疑者看來，都不過是懷疑罷了。」（P.29）

> 在尚能享受生活的愉快的人，自然覺得生命無論如何是可以留
> 戀的。像我，即使不自殺也不會活得長久的人，便覺得生活著只是
> 多受苦罷了。我的盲腸炎奪去了我生活中的一切愉快。……
>
> 秋柳——以前，我曾經愛過，像你這樣的一個人。爲了這愛，
> 我戒絕了，浪漫；我，看見，一些光明。但現在，什麼都——完了，
> 完了！

上面兩段是史循的自白。也就是他自殺的原因。對於一切懷疑抱悲觀的人而終竟自殺，這原是意中事。

章秋柳雖是一個富有世紀末的病態思想的女子，卻也非常豪爽，令人可親。從她整個的行爲看來，她確實是「……一個多愁善感的神經質的女子，又變成了追求肉的享樂的唯我主義者。（P.98），有膽量，有決斷，毫沒顧慮，強壯，爽快……」（P.174）也是她的個性的描寫。最好的則莫如她的自白，「覺得短短時期的熱烈的生活，實在比長時間的平凡的生活有意義得多！……最強的信念，就是要把我的生活在人們的灰色生活上劃一道痕跡。……我的口號是：不要平凡。」（P.243）同時，她又主張「……女子最快意的事，莫過於引誘一個驕傲的男子匍匐在你腳下，然後下死勁把他踢開去。」（P.165）對她這樣的女子，我卻有種好的印象，這不得不歸功於作者的描寫。

至於這篇的主要思想可以從王仲昭所想的他們都是努力要追求一些什麼的，他們各人都有一個憧憬，然而他們都失望了；他們的個性，思想，都不一樣，然而一樣的是失望！……」（P.245）以及全篇最末尾的「你追求的憧憬雖然到了手，卻在到手的一刹那間改變了面目！」這兩句話看出來。

四

《野薔薇》

在批評這本短篇小說集之前，我們且看看作者的《寫在〈野薔薇〉的前面》；因爲在這文裏他顯示了今後創作的態度以及創作的哲學。

　　Verdandi 是中間的一位，盛年，活潑，勇敢，直視前途；她是象徵了「現在」的。這便是南方民族的希臘人和北方民族的北歐人所表現的不同的原始的人生觀。現實的北方民族是緊抓住「現在」的，既不依戀感傷於「過去」，亦不冥想「未來」。

　　知道信賴著將來的人，是有福的，是應該被讚美的。但是，慎勿以「歷史的必然」當作自身幸福的預約券，且又將這預約券無限止地發賣。沒有真正的認識而徒藉預約券作為嗎啡針的「社會的活力」是沙上的樓閣，結果也許只得了必然的失敗。把未來的光明粉飾在現實的黑暗上，這樣的辦法，人們稱之為勇敢。然而掩藏了現實的黑暗，只想以將來的光明為掀動的手段，又算的什麼呀！真的勇者是敢於凝視現實的，是從現實的醜惡中體認出將來的必然，是並沒把牠當作預約券而後始信賴，真的有效的工作是要使人們透視過現實的醜惡而自己去認識人類偉大的將來，從而發生信賴，不要感傷於既往，也不要空誇著將來，應該凝視現實，分析現實，揭破現實；不能明確地認識現實的人，還是很多著。

　　從上面兩段看來，作者似乎有攻擊他人的意思，但這可不必過問，我們只須明瞭他的創作態度和哲學便夠了。不依戀傷感於過去，亦不冥想未來，要緊抓住現在，這種人生觀差不多成了現代人的信條。只要我們能緊抓住現在，過去的苦樂何必去依戀傷感，未來的世界又何必去冥想呢？但是我們都不能這樣做啊！在現在感覺痛苦的時候，我們總要回憶到過去的歡樂；愈想到這些，我們愈感覺現在的痛苦，即使要立心忘記過去，也無濟於事。能夠只顧現在一時的歡娛，誰不願意這樣做呢？再者，我們在感覺現在的痛苦之餘，唯一的安慰便是冥想未來，只有這樣，我們才不失生存的意義，雖然未來不一定能使我們滿足。我的意思並不是完全與作者的相反，也並不是懷疑他的態度對否，而是懷疑他能否照他的態度去做到，並且所做到的與他所期待的是否相反。

　　曝露人生的黑暗面本是自然主義者的創作的基調。作者自己雖然否認現在是自然主義的信徒，可是他承襲了自然主義的學理和技巧，至今不變。像自然主義者那種客觀地只曝露人生黑暗面的寫法，到現在已經感到很大的缺乏。現在不僅是站在不相干的地位上面描寫人生黑暗面的時代，而是要更進一步站在黑暗與醜惡中去分析牠們，從新尋找光明美好的時代。這是很顯然

的。譬如一個人處在混亂的時代，和行屍走肉差不多，任人家去宰割；當然，我們有曝露這種黑暗和醜惡的必要，可是僅僅這樣還是大大地不夠啊。我們仍然會被這種黑暗和醜惡同化，而失去反抗性，我們仍然會永無達到光明美好的境地的一日。那末，怎樣呢？我們應該從人生的黑暗面去尋找光明面，從現實的醜惡中去尋找未來的美好。我們應該抱著這樣的態度去創作。

在《野薔薇》集裏的五篇小說，作者都不是抱著這樣的態度寫的。我們且依次來分析這五篇作品吧。《創造》描寫一個丈夫君實一天醒後的煩悶。他以為睡在他身旁的妻子嫻嫻不如從前了。從前她在思想行動兩方面都是聽他的指揮的，所以他把她當成他自己的成功的創造品，但是，現在她完全相反了，「太肉感了些，」同時，也「太需要強烈的刺激」。所以君實只依戀感傷於過去。但嫻嫻反主張過去的，讓她過去，永遠不要回顧；未來的，等來了時再說，不要空想；我們只抓住了現在，「用我們現在的理解，做我們所應該做的。」（P.34）像這樣的女主人公表面上可謂緊抓住現在，但她是個擺不脫舊習慣的女子，一壁受了新思潮的影響而在形式上似乎抓住了現在，一壁她的舉動仍然含有舊式少奶奶的氣味。所以「她在動定後的剎那間時常流露了中心的彷徨和焦灼」；「然而她狂笑時有隱痛，並且無端的滴了眼淚了。」（P.39）

到底嫻嫻是不是像北歐的運命之神 Verdandi「直視前途」？她雖然是盛年，活潑，勇敢，與 Verdandi 相彷彿，但她的言行裏仍然含有過去的成分，因之，她陷人了彷徨，焦灼，苦悶。她不是個如作者所期望的緊抓住現在的女子，卻是個顫抖於現在而擺不掉過去的的女子。作者的用意不幸失敗了！

《自殺》描寫一個女子環女士被情人離棄後的苦惱的心情。她是個懦弱的女性，不能丟開舊禮教的責難，和他人的諷刺，於是在發現月經初停時，便起了自殺的念頭。雖是幾次曾想宣佈自己的祕密，做個勇敢的人，雖然幾次曾想設法來掩護自己的醜惡，但她都沒有成功；到底是用一根絲帶吊死在床上了。一個女子既然失去了美滿的過去，又不能相信於空虛的未來，更無勇氣來適應於現在，於是以自殺了此一生。作者也許以為自殺就是對於人生黑暗的宣戰麼？

環女士是個「軟弱的性格」的人，她不能緊抓住現在，受不了現實的壓迫，只有趨於自殺的一途。她太過於傷感以前和情人所做的行為了，太過於顧及空虛的未來了，所以不能直視前途，只能勇於一時的自殺。同時，她只知道人生的黑暗面與現實的醜惡，而不知道光明與美好；如果她真是個勇者，

她決不會自殺，必定另外去走一條寬敞的道路。她應該分析黑暗與醜惡，研究牠們之所由來，然後從事於曝露，從事於光明大道的修建。軟弱，嬌羞，以及舊道德觀念包圍了她的全身，牢不可破，以至使她自殺。她不是能在現在生存著的人。

《一個女性》是鄉村中一個望族的女性的描寫。在她家庭狀況盛年的時候，少年們是怎麼地愛慕她。那時她「從愛人類而至於憎恨人類。」到了她父親死後家產變賣的時候，少年們是怎樣地離開她。那時她「終成為『不憎亦不愛』的自我主義者」，於是「自我主義也就葬送了她的一生。」本來她是個天真，活潑，和靄的女子，因為接觸了現實的醜惡而憎恨牠們，後來反漸漸被牠們同化了。請問在這樣現實的醜惡中，以她那樣的被同化，她還有什麼前途可言？此外，這篇的題材太缺少趣味，有些描寫得不近人情。譬如少年張彥英被人家奚落出走他鄉，簡直是不會有的事，縱有，也不過是作者以為有罷了。至於瓊華的父親酒醉後被火燒斃那一段情節，簡直令人不敢輕信。這篇充滿了不自然的色彩，在全集中算是最壞的一篇。

《詩與散文》是青年丙和房東寡婦桂奶奶的一段情史。桂奶奶確是不顧過去，不冥想未來，而能緊抓住現在的女性。不過她的緊抓住現在也只是一味縱慾罷了。固然桂奶奶在打破了傳統思想的束縛以後，也應該是鄙棄「貞潔」的了，固然「和嫻嫻一樣，桂奶奶也是個剛毅的女性，」但畢竟還只是個追逐肉的享樂帶著病態的女性。她僅僅是個這樣的女性，請問真地如作者所謂，她富有革命性嗎？青年丙倒真是個捉住了現在的人，他對於表妹的追求的心情被桂奶奶的當前的肉體征服了，雖說後者的肉體對他不滿，然而他把追求未來的心情還是拋棄了。如作者自己所說「有幾個朋友以為《詩與散文》太肉感，或者以為是單純地描寫了性慾，近乎誘惑，」確實，這篇作品令我們發生這樣的感想。

現在，我們要談到最後一篇《疊》了。故事是這樣的：張女士被她父親許配給軍官，她自己不敢明目反抗，只想以愛友何若華作候選者。可巧，他又被朋友蘭女士奪去了。所以很是失望。同時父親又逼她往南京去會親，她於是只好設法潛逃。她和《自殺》中的環女士一樣，是軟弱的性格的女性，遇著緊急的現在，她不積極去反抗她父親，只是「還有地方逃避的時候，姑且先逃避一下罷。」

總之，這些女性不像 Verdandi 那樣盛年，活潑，勇敢，直視前途；她們

都是些被醜惡的現實所同化，因之而感傷，縱慾，享樂，而帶著病態的人。這些人物與作者的期待適得其反！《三部曲》所賜給我們的只是感傷，幻滅，悲哀，退縮，而《野薔薇》所賜給我們的仍是那一套老貨。所不同者，只是技巧上的區區差別。與《三部曲》相反，所描寫的幾乎全是人物的心理，但是太含有舊寫實主義的風味，使人有時感到不快。

五

「虹」

——甲乙兩人的對話——

甲　你不是歡喜讀小說的麼？啊，是。我簡直忘記了。茅盾的《虹》，你讀過沒有？

乙　讀過了，沒有幾天。在我腦筋裏的印象很深。

甲　有這樣的事麼？那末《虹》定是部很好的創作了。請問《虹》裏面描寫些什麼呢？

乙　啊，那是部十六萬字左右的長篇小說，一時要把牠所描寫的東西說出來，不是容易的事。為簡便起見，我只告訴你主人公梅女士的大概情節吧。但有一件聲明，在此地不談技巧。專講故事，免得混亂鬧不清楚。至於思想和技巧擺在後面去說。

甲　依你的。話歸正傳吧。

乙　梅女士是個沒落人家的嬌女兒，只有十八歲。她只有父親，母親呢是早已死掉了的。父親是個中醫。那時她在成都的益州女校讀書。她已被父親許配給表兄柳遇春，一個小商人，但另愛著一個表兄韋玉。不幸他有肺病，不願陷害所愛的人，所以不忍和她私奔。隨後他在軍隊裏做書記，離她隨軍赴瀘州去了。那時正是「五四運動」發生的一年，新思潮的巨浪已達到了四川。她閱看新的雜誌和書報，思想漸漸起了改變。

甲　繼續講啊，不要打頓。

乙　不用著急。以後梅女士為了救父親於貧困的緣故，願意嫁給柳遇春。不過在新婚後三天，她便和丈夫吵鬧了一場躲在娘家住去了。丈夫雖是常常低頭來勸她回去，仍然無效，舊曆新年她會著韋玉，昔日的情苗重複發育於他們中間。後來韋玉赴重慶去了。梅女士約了丈夫赴重慶，只望暗中去看韋玉。誰知他卻病重赴成都去了。於是她潛逃至學友徐綺君女士家中。她丈夫

找了她幾天，沒有找著，只好回成都去了，而梅女士就暫時寄住在徐家。那時聽說韋玉已經死了，使她很傷心。

甲　以後呢？難道她永遠住在徐家嗎？

乙　聽我說吧，不要瞎問。以後，她被徐女士介紹在瀘州師範學校教書。哈，在那兒一般新人物鬧的把戲真多呢！什麼校長和教員戀愛咯，男女教員在忠山醉酒後的胡鬧咯，派別咯，嫉妒咯，風潮咯，在梅女士簡直被這些把戲弄得厭倦了。後來她又在惠師長公館裏做過家庭教師。在那兒，她又被師長糾纏過，被朋友嫉妒過。混了一兩年，她便離開四川。

甲　她到什麼地方去呢？

乙　到了上海。她打算開始新生活。她已經和丈夫離婚，她父親也病死了。她在上海過的生活差不多就是流浪。幸喜會見了幾個朋友，有先前的鄰居黃因明女士，有先前追逐她很緊的同事李無忌。那時國民會議的空氣很激烈，被黃因明介紹做政治工作。她愛上了一個冷靜的政治運動家梁剛夫，但他沒有表示。因此她陷入了苦悶的深淵。隨後便是「五卅」。上海的民眾運動如潮水一般地勃起。梅女士實際參加了這種反抗帝國主義的工作。她發傳單，演講，在人堆裏擠，吃自來水，熱心工作，她儼然變成了一個很能幹的女同志！

甲　結果呢？

乙　就是結果。你真是外行，做小說一定還要有什麼圓滿的結果不成？作者是藉一個梅女士為主，把從「五四運動」起到「五卅」止的一切社會狀況描寫出來的。

甲　那末，請問你作者在這篇所表演的思想是怎樣的？

乙　你這個問題又不是輕容答覆的。最好我們先考察一下從「五四運動」到「五卅」的中國社會的大概情況，「五四運動」雖只是北京學生的狹義的愛國運動，卻因此而產生了中國的文藝復興。一切傳統的舊思想和信條都被打破了。這是新思想的澎湃的時期。什麼個人主義，人道主義，社會主義，無政府主義等同時瀰滿於全國。一般青年反因了主義繁多的緣故，莫知所從，有的仍然沒有覺醒；有的極端地偏重於個人自由的主義，談及一切的解放，有的信仰狹義的愛國主義，而竭力提倡軍備與實業；一直到「五卅」事件，民眾實際感了帝國主義者的狠毒，才有真真的覺醒，而起來為自己的解放與獨立而爭鬥了。那時社會思想的尖端就是剷除國內的軍閥，打倒國外的帝

國主義。固然，民眾流過了血，受過外人的強烈的壓迫，可是新中國從此忽地抬頭了。

甲　夠了，夠了，請你的談鋒轉到小說上吧。

乙　你又要著急了。作者便借梅女士的故事，把這個時代的思潮的變遷以及民眾運動的真相顯示給我們了。梅女士就是這個時代中的一個青年，她的思想由舊而趨於新，由盲目的而趨於有系統的，她的行動由孝女少奶奶而趨於獨立的職業，出個人的奮鬥而趨於集團的運動。作者把這個急流似的時代反映了給我們，而又把在這個時代中青年的思想的蛻變與其實際運動顯出，這就是他的用意。他本來只是客觀地來分析事實而已，並未參加他自己的主見。不過仍然帶有《野薔薇》裏面的創作哲學，把梅女士寫成一個不顧未來，只抓住現在，卻又傷感於過去的女性。

甲　除此以外，你還感到什麼呢？

乙　那就是，全篇的人物簡直都是小資產階級份子，他們受了一時新思潮的驅使和自己地位崩潰的緣故，走上了社會運動的道路。他們沒有真真的社會的意識，他們只知道盲目地湊熱鬧。一點不奇怪，這些原來就是作者的藝術對象啊！

甲　《虹》的技巧比《三部曲》的怎樣？

乙　那是要強多了。結構很是緊而當。第一章不過是序幕。從第二章到第七章可分為上部，描寫梅女士在四川的初期生活；從第八章到第十章作下部，描寫她在上海的後期生活。尤其以第七章末尾的省略法為最妙，抄在下面給你看吧：——

　　……她此時萬不料還要在這崎嶇的蜀道上磕撞至兩三年之久；也料不到她在家庭教師的職務上要分受戎馬倉皇的辛苦，並且當惠師長做了成都的主人翁時，她這家庭教師又成為鑽營者的一個門徑；尤其料不到現在拉她去做家庭教師的朋友楊小姐將來會拿手槍對她，這纔倉皇離開四川，完成了今天的素志！

甲　這個省略方法固然很好，但有點小毛病：上段例子上加過雙圈的「現在」和「今天」是很衝突的。依我這外行的見解；以把「今天」改為「日後」為好。這是作者的疏忽呢。

乙　我卻不曾注意到。不過我又發現了一個毛病，比你所發現的大多了。那就是最後一章最末一段情節。從 P.384 到 P.390 止，這一段徐自強對梅女士

的滑稽的戀愛的喜劇是不應該插入的。「五卅」的民眾運動本來寫得很緊張而活現，可是熱烈亢奮的調子卻被這段蛇足似的情節打破了。我真為作者可惜！

甲　也許是他故意藉此換換口味吧？

乙　但他弄巧成拙，反因此減低了描寫的效力。

甲　作者的描寫怎樣？有些什麼好地方舉出來嗎？

乙　用不到我來多饒舌，他的描寫以青年男女的戀愛心理見長；他多半用曲折法，漸漸寫到戀愛的本身。P.331 有一句話，我讀給你聽吧：

> 舊侶早已雲散，誰料得到三四年後，幾千里外，卻又和你會面！

> 你看來是麼，但在三年前的我，或許也覺得現在的生活並不可愛。是的，我常常自問！是事情的本身不同呢，還是我自己的思想有了變遷？結論是落在後面的一個。因思想變過了，才覺得現在的活動很有趣呀！梅，三四年來，我們都變過了一個人，你也不是舊時的你了！（P.332）

> 我還沒忘記從前說過幾句話。你如果早兩年遇到我，你的回答可以使我滿意。你說並不是意中還有什麼人，只不過你那時的思想是，——要在人海中獨闖，所以給一個簡單的「不」。現在已經過去了三年，現在我們又遇到了；我相信三年之中，我們除了思想上的變動，其餘的，還是三年前的我和你罷。梅，你現在的思想，是不是仍舊要給我一個簡單的「不」？我盼望今天會得到滿意的回答！
>
> （P.332～333）

甲　還有什麼呢？

乙　此外，許多的描寫，可惜為了時間所限，我不能一一讀給你聽。最後你自己去讀吧。總之，《虹》是作者所有的小說集中最成功的一篇，無論在那方面，比其他的都要好。

★　　★　　★

如果對於作者作品的總評是需要的，我就有著這樣的意見：作者過於被他自己的個人主義的意識所限制，以至所描寫的人物有同樣的幻滅，動搖，感傷的性格。他只知道曝露人生的黑暗面，而疏忽其光明面。在他的作品裏所含的病態的悲觀的灰色太重，希望他將來能有相當的改變，在他將來的作品裏應該佈滿生氣，熱力，和光明的氣分！

一九三一，三，一六作完於上海

茅盾與現實

錢杏邨

序引——茅盾的三部曲的批評：——關於《幻滅》的考察——小資產階級對於革命的幻滅與動搖——關於《動搖》的考察——投機分子的畫像——關於《追求》的考察——終之以「自殺」——關於《野薔薇》的考察——他的創作的哲學——《創造》，《自殺》，《一個女性》。——《詩與散文》。《曇》——文藝與現實——他的技術的考察——祇有灰暗沉重的現實——。

序　引

茅盾這個筆名對我們雖然覺得很生，但茅盾先生確是我們文壇上的一位老作家。不過，他以前的工作大部分是在翻譯與批評方面，到了一九二七年，他纔開始創作罷了。他的創作雖然說是產生在新興文學要求他的存在權的午頭，而取著革命的時代的背景，然而，他的意識不是新興階級的意識，他所表現的大都是下沉的革命的小布爾喬亞對於革命的幻滅與動搖。他完全是一個小布爾喬亞的作家。至於他究竟是誰，作者既不願寫出他的真姓名，我們當然沒有在這裡指出的必要。我們只需要根據茅盾的創作，做一回他的創作的考察好了。我的考察是分為四部分的，一是他的《幻滅》的考察，二是他《動搖》的考察，這一部分自己認為是最不滿意的，我沒有站在新興階級文學的立場上去考察，差不多把精神完全注在創作與時代的關係的一點上去了。重作既在事實上為不可能，只好把牠們留在這裡了。第三是對他的《追求》的考察，第四是關於他的《野薔薇》的考察。這二篇，在立場上自信是沒有錯誤的，可是仍舊不是我滿意的東西。合這四篇的批評成為這篇作家的考察。因為他是一個文壇的老將，所以我把牠在這裡發表了。

目　次

一

《幻滅》

在最近的中國文壇上有一種可喜的現象，就是很多的作家認清了文學的社會的使命，在創作中把整個的時代精神表現了出來。這些製作，因種種的客觀的條件的關係，當然是不會怎樣的完善；因爲這是每一種文藝運動的初期應有的現象，時間久了，當然可以慢慢的好起來的。譬如說，中國的新文藝運動，已經有十年的歷史了，眞正偉大的創作，可與西洋名著頡頏的，我們是一本也找不出來，然而不是沒有希望的。譬如，蘇俄革命已近十年了，眞正的無產階級文藝的基礎還沒有建設得好，然而，它的能以完成，是我們可以推想得到的。這幼稚是必得經過的階段，光明的前途定會從這些幼弱的創作上慢慢的發育完成，對於這樣的幼稚，我們是具著無限的歡欣。……

因爲說到表現時代，因爲說到現時代人物的心理，在兩年來我們就看到一些很有趣味的心理現象，其中最重要的要算一部分小資產階級青年心理的變遷。在這一次革命的浪潮裏，因著政治上的幾次分化，一部分小資產階級把自己階級的最明顯最可笑的特性統統的表現出來了，重要的要算他們游移不定的心情和對革命的幻滅兩點。我們可以看到許多的青年對一切事件游移的可笑，我們可以看到他們站在他們自己階級和勞動階級間的徘徊，我們更可以看到他們因革命性的不堅強，對於政治的鬥爭的階段認識不清楚，經不起一兩回抗鬥就生出幻滅的心情。他們有的候而左，候而右，候而中立；候而革命，候而不革命，候而反革命；候而A黨，候而B黨，候而一黨也不黨，……這些現象是最普通不過，現在就有許多作家把這種種的心理表現出來了。在這裡先要說及的是茅盾作的《幻滅》。

《幻滅》這一部小說，是描寫小資產階級的游移與幻滅的心理的。主人翁是一個女子，事實的對象不完全是革命的，是藉著兩種的事實把這兩種心理表現了出來，戀愛的事件表現了游移，革命的事件描寫了幻滅。主人翁靜

是很有趣味的，怕戀愛，怕男性，拒絕前部男主人公抱素的愛，等到抱素愛上她同居的慧的時候，她卻又要拚命的愛抱素，直到得到抱素而甘心了。後部的男主人公強連長和靜結婚以後，在蜜月中得到出發的消息，她對於他行止的問題又游移了一陣。這種游移的特性在靜的生活裏是始終持續著。前部的安置，完全在學生時代，後部是革命時代；在前部之末，靜因著一時的衝動決計革命了，跑到武漢去，但再看一看革命人物的溷濁，卻又不高興而幻滅了，但是再不久，她又去做革命的事件，又信任革命了，她是這樣的游移與幻滅，這實在是近年來青年男女的一般現象。在俄羅斯，阿志巴綏夫最善於描寫這樣的人物，「朝影」裏的理莎就是最重要的，在中國的創作壇上，我們現在看到了這一部。

　　一部分小資產階級的女子的性格，不僅游移，抑且脆弱，這一點在幻滅裏表現得很健全，全書描寫靜對於男性的畏懼，描寫靜經不起男性的威逼，描寫靜的性格的脆弱，分析得是很精細的。關於這一點可以舉一個最小的例證，當靜一天早晨起身時，「仿佛見有一個人頭在曬台上一伸。對她房中窺伺，她像見了鬼似的，猛將身上的夾被向頭面一蒙，同時下意識的想道：西窗的上半截一定也得趕快用白布遮起來」！（P-5）這件事到了下午她依然記得，依然的「在靜尤有餘驚！」（P-5）這種懦弱的心理不是靜獨有的，實在是中國小資產階級女子最普通的性格。因為她們的懦弱，所以一個可恥的抱素便能逞其技倆，在一個長時間內得著慧又得著靜了。全書要以靜的性格描寫得最出色。次之就要算抱素。描寫中國青年的戀愛狂，的卑鄙，的不堪的動態，處處令人噴飯，而卻又處處是顯在每一個人眼前的事實，描寫他對於女性的逢迎很是不差，寫強連長卻沒有多少的好處。描寫慧，慧的戀愛觀是和靜完全相反的，她的行動也就各異，不過不很健全，不能和靜對襯，要把她寫得在思想在動作雙方都放蕩一些那就好了。其實，就是靜表現的性格，也祇表現出小資產階級女子病態的特性的輪廓來，還沒有解剖到極深邃的地步。寫李克也寫得很好。……

　　說到全書的結構，是分為上下二部，一章至八章為上部，寫學校生活；九章至十四章為下部，寫她的革命生活。章的材料的分配，前部比較後部精密得多；前部的每章的材料都是很扼要的，後部卻鬆散得很，材料嫌單弱了。仔細點講，在前部，第五章太注重側面筆了，容易使人把這一章看作題外的剩餘，雖然作者下筆時別有用心。第九章的發現的時間與方法，時間是太快

了，方法不很適當，那一封信的發現，不應該在抱素隨手拿著的書裏，應該在衣裏或其他地方。地點最好安置在另一個地方。下部第九章材料單弱而沒有多少意義。十一章十三章也是如此，這或者是作者要急於脫稿的關係罷？……全書的結構以及章的分配，似乎得力於屠格涅夫的《前夜》與阿志巴綏夫的《朝影》一類的著作不少，而且有了相當的好處，不過每章的內容的材料的剪裁與充實卻很難及到。

致於全書的描寫，前四章是失敗了，有些「在細雨中飄蕩，軟弱無力」（P-4）的風味，太不沉著了，雖然裏面也有些生動有力的部分。而插入主觀的字眼，尤是不留意的小毛病，如「我們的小姐愕然了」（P-6），如「場裏電燈齊明，我們看見他們三人」（P-8），「如你不能指出整個的美」（P-8），這些地方是很損害客觀的描寫的精神的。第五章前面已經說過，寫得太側面了，但技巧表現得生動有趣。第六章變化的太突然，全章似乎缺乏心理變遷過程的敘述，寫得嫌隱晦，抱素對靜的動作應該描寫點急迫的神情纔好。不過這是不重要的。第七章事實敘述得不很近情理，日期應該提後些時，全章敘述得還緊張。第八章心理的衝突的描寫是不差的，不過其他部分微嫌貧弱，末節寫小資產階級革命由於直覺的衝動的心理很細緻。第九章，無論是內容是描寫都失敗了，是全書最失敗的一章。第十章寫政治人物的不堪的動態，是後部最好的一章，也是重心的一章。第十二章佈局還很適當。第十三章是一大失敗，就事實上是應該有這一章的，但是這一章裏的事實太單弱了，於全書是沒有什麼意義的，應該多加入一點軍事行動或靜的幻滅的思想纔好。最後一章寫靜的游移與決定，沒有什麼滿意的地方。

關於敘述，上面已經很具體的說明了，這裡再補說一點，就是作者的技巧，有的地方寫得很好，有的地方寫得太隨便。主觀的字眼還可以舉出一例，在下卷十二章裏就有這樣的句子：「但是解開了軍毯看時，咦，左乳部已無完膚」（P-31），這裡的一個「咦」字用得實在太糟糕了。全部還有許多幼稚不當的句子，如：「姓強名猛，表字惟力」（P-33），如「因為靜女士從沒和男同學看過影戲，據精密調查的結果」（P-8），如「濛濛的夜氣中，透露一閃一閃的光亮，那是被密重重的樹葉遮隔了的園內的路燈」（P-11）。這些地方，有的舊小說化，有的俏皮化，有的句的組織嫌笨拙，有的是剩餘的句子，都是作者隨筆書寫，不留意的小毛病，而足以影響全書的。

現在收束了罷。《幻滅》，是一部描寫革命時代及革命以前的小資產階級

女子的游移不定的心情，及對於革命的幻滅，同時又描寫青年的戀愛狂的一部具有時代色彩的小說。全書把小資產階級的病態心理寫得淋漓盡致，而且敘述得很細緻。描寫祇是後半部失敗了，至於意識不是無產階級的，依舊是小資產階級的，是革命失敗後墮落的青年的心理與生活的表現。

1928，2，19

二

《動搖》

　　《動搖》寫的比《幻滅》進步。不僅作者筆下的革命人物很生動，一九二七的社會和政治的情狀，也有了很鮮明的輪廓。全書當然是以解剖投機分子的心理和動態見長。不過，我們若嚴格的說，這不是一部成功的創作。描寫革命的人物，尤其是投機分子，仍不免失之於模糊。胡國光這樣的投機分子，在革命的過程中，還是渺乎其小的。讀後所得到的印象，祇是這樣人物的無聊。是一個無聊的人物，而不是可怕的陰險刻毒的投機分子。茅盾在兩湖見到的投機分子，行動一切可必其超乎胡國光十百倍。可惜他不曾描摩出來。這小說裏的投機分子，似乎還不能給讀者以最深刻的印象，使讀者憤恨切齒。最後反動的一幕，因為胡國光始終不曾露面，暗示的力量也就很弱。如能加一段投機分子陰謀的預定，或胡國光正面指揮及暴行的刻劃，給予讀者印象那就深刻了。這最後效率是完全失敗。窮兇極惡的投機分子於是終竟祇變成一個比較可厭可恨的人物。長江上游的投機分子的行動，有出人意料之外萬萬者。下游也未必不如此，投機分子真面目，勾結軍閥官僚，用經濟收買墮落的民眾，利用宗法社會觀念來膨脹自己的力量，煽動，把持，陷害，對上級機關的經濟疏通，暴行，甚至和帝國主義勾結，這一切普遍的現象，在《動搖》一書裏，我們竟毫無所得。《動搖》裏的投機分子的行動，祇是他們小小的技能，僅止於小施其技倆。不過，《動搖》確實有許多的特色。把印象慢慢的伸張開來，我們在這裡就可以看到整個的一九二七中國革命人物的全部縮影。所表現的不止於上游的一個小城。可是這部小說有點缺陷，作者沒有把那些健全的革命黨人比寫出來對照一下。掩卷而後，不禁令人有茫茫然之感。真正革命的，不止於退讓而終了。

　　談一回全書的重要革命人物。胡國光當然是豪紳階級的投機分子。方羅蘭是改良主義的代表，具有社會民主黨的不澈底的思想。史俊的行動，完全

代表了熱血在內心沸騰，祇知勇往直前，具著衝動性的青年革命黨人，李克是一個健全的革命黨人。大體說來，祇是革命的小資產階級的一羣。沒有女革命黨人。孫舞陽不過是點綴革命的浪漫新女子，方太太距離革命，當然更是遙遙地遙遙地。作者最著力的人物是胡國光。描寫胡國光的心理確是很精細，尤其是最初的攢營和託許多關係人物的聯想。入後是逐漸的鬆弱。作者的精神在胡國光一方面，沒有貫注到底。描寫胡國光的動態而外，前部的對話很不差，有許多很值得注意的投機分子的口語。

　　……國光服務地方十年，只知盡力革命，有何劣跡可言？縣黨
　部明察秋毫，如果我是劣紳，也不待今天倪甫庭來告發了。(Chap.2)
　　……請方部長明察，不要相信那些謠言，光復前，國光就加入
　了同盟會；近來對黨少供獻，自己也知道，非常慚愧。外邊的話，
　請方部長仔細考察，就知道全是無稽之談了。國光生性太鯁直，結
　怨之處，一定不少。(Chap.3)
　　……國光自問沒有多大才力；只是肯負責，澈底去幹，還差堪
　自信。辛亥那年，國光就加入革命，後來時事日非，只好韜晦待時。
　現在如果有機會來盡一份的力，便是赴湯蹈火，也極願意的。
　(Chap.6)

這樣的有趣味的口語，差不多成了一個定型，從各地方都可以聽到。

對於方羅蘭沒有查辦他的慶幸，仍要去拉攏方羅蘭的心理，時急勢危的退縮，都是投機分子的活現形。就本書採用的事實的描寫說，比較懦弱的投機分子的個性寫得很深刻的。

方羅蘭。作者把他的改良主義者的精神表現得不很深刻。用高斯華綏和蕭伯納筆下的改良主義人物和他相較，作者的技巧是失敗的。有的地方是用側面寫，我們無法批判，這樣的表現，往往使人不易看到好壞。方羅蘭是一個不健全的改良主義者。因此他有這樣的表白：

　　　店東們反對的空氣從昨晚起特別猛烈，似乎是預定的計劃。大
　概他們暗中醞釀已久，最近方纔成熟。這倒不應該輕視的。況且一
　律不准歇業，究竟太厲害了些；店東中實在也不少確已虧本，無力
　再繼續營業的。(Chap.6)

總之，方羅蘭的行動主張，完全「表示了軟弱，無決心，苟安的劣點」(Chap.6)，是改良主義者的真面目。目前這樣的人物正多。也就是所謂中庸

之道。改良主義《動搖》裏祇有一個隱約的輪廓。這許是作者把精神太傾向於方羅蘭戀愛心理解剖一方面的原故。就《幻滅》與《動搖》兩書而論，作者很長於戀愛心理的描寫，比描寫革命來得深刻。把方羅蘭的戀愛心理描寫得真是精細入微。也恰合於他的性格。精神傾於戀愛如方羅蘭，這樣人物所在盡是。這是革命時代的普遍現狀。也許是將來社會裏極難解決的問題。在創作方面，有婦之夫的戀愛心理，我們還沒有看到誰個下過這樣的分析的工夫的。方羅蘭是一個不澈底的改良主義者。這樣的人物普遍在中國。請看他的哲學：

> 要寬大，要中和！惟有寬大中和，才能消弭那可怕的讎殺。現
> 在槍斃了五六個人，中什麼用呢？這反是引到更利害的讎殺的橋樑
> 呢！（Chap.11）

方太太是過渡時代的女性。「太太的話，負氣中含艾怨；太太的舉動，拒絕中含有留戀」（chap.8）這樣的人物，我們不需要多加研究。在革命的女性方面，還是說 說孫舞陽。孫舞陽不是革命的。孫舞陽沒有革命哲學。從事革命而真能認識革命的女性實在很少。孫舞陽有的祇是戀愛哲學。孫舞陽的哲學就是玩弄女性的男性的報復者，她是不是革命的呢？我們懷疑。我們不需要這樣的沉醉戀愛忘記革命的女黨人。但目前的一般現象都是如此。有的大都是專門戀愛的女革命黨人，缺少專門革命側重革命的女革命黨人。孫舞陽的人生哲學建築在性與戀上。沒有事業。此外，就是作者不曾著意表現具有革命性的史俊與李克。這和屠格涅夫的《新時代》裏的涅暑大諾夫和梭羅明相似，自然不完全盡同。史俊作事不似一個有訓練的革命黨人，他不善觀察人物，祇看浮面。李克卻不如此。有些近似頭腦冷靜的唯物論者。不過，還缺少一些政治的策略的經驗。兩種人都不十二分的健全。這部小說裏沒有健全的革命黨人。真正的革命者，從這裡可以洞察今後應該走的道路。不健全的革命所產生的祇有不健全的革命黨人，這是我們對於這部小說裏人物的最後結論。不過全書我們覺到意義有些模糊，假使我們用一九二七的事實來相較，真正的誰是誰非的一個判斷，從這裡得不著。沒有顧到政治的實際。如實際上被打的不是投機分子，改良主義者，而是革命的，但書中所示是相反的。

描寫當然是側重革命與戀愛。內裏描寫三種不同的戀愛觀。方太太和孫舞陽可以說是各走極端，方羅蘭介乎二者之間，從此岸達彼岸的一個橋樑。

方羅蘭的戀愛心理，展開在第五章。起始的一段幻像並不能表現出一種特色。往下的六年前的回憶是有聲有色，把一個在衝突的戀愛者的心理，以及他們採用的壓抑方法的內祕，全部暴露了。我們於此，彷彿在讀契可夫的《洛斯奇爾的提琴》，聽到幾聲「馬華」的喊叫。方羅蘭的戀愛心理是矛盾的衝突。當然入後也是動搖。動搖以後卻沒有穩定。真是一個上好的小資產階級人物。請看他的戀愛心理。

這晚上直到睡為止，方羅蘭從新估定價值似的留心瞧著方太太的一舉一動，一顰一笑，他為要努力找出太太的許多優點來，好借此穩定了自己的心的動搖。他在醉醺醺的情緒中，體認出太太的肉感美的焦點是那肥大的臀部和柔嫩潔白的手膀；略帶滯澀的眼睛，很使那美麗的鵝蛋臉減色不少。可是溫婉的笑容和語音，也就補救了這個缺陷。

——梅麗，你記得六年前我們在南京遊雨花台的情形麼？那時我們剛結婚。並且就是那年夏季，我們都畢業了。有一次遊玩的情形，我現在還明明白白的記得；我們在雨花臺的小澗裏搶著拾雨花石，你把半件紗衫，白裙子，全弄濕了。後來還是脫下來曬乾了，方才回去。你不記得了麼？

大約是九點鐘光景，房裏只剩下他們兩個了，方羅蘭愉快的說。

方太太微微笑了一笑，沒有回答。

——那時你比現在活潑；青春如火，在你血管裏燃燒！

——年青的時候真會淘氣，方太太臉紅了，那一次，你騙我脫了衣服，但你卻又來玩笑——

——當時你若是做了我，也不能不動心呢。你的顫動的乳房，你的嬌羞的眼光，是男子見了都要動心的！

方羅蘭到她身邊，熱烈的抓住了她的手，低低的然而興奮的接著說：

——可是，梅麗，近來你沒有那時活潑了。從前的天真從前的嬌愛，你都收藏起來；每天像有無數心事，一般正經的忙著。連大聲的笑，也不常聽見了，你還是很嬌艷，還在青春，但不知怎的，你很有些暮氣了。梅麗，難道你已經燃盡了青春的情熱麼？（Chap.4）

這一段還沒有完。從《幻滅》到《動搖》，作者的戀愛的心理描寫的力量

的進展，於此可見。描寫曲折精細的地方很多，因分量上的關係，不便徵引，在技巧方面，這終竟是最好的一段。許多地方寫得令人發笑。如「方羅蘭愈不提起孫舞陽，方太太就愈懷疑。方羅蘭努力要使太太明白，努力要避去凡可使她懷疑的字句，然而結果更壞。如果方羅蘭大膽的把自己和孫舞陽相對時的情形和談話，都詳細描寫給太太聽，或者太太倒能了解些；可是方羅蘭連孫舞陽的名兒都不願提，好像沒有這個人似的，那就難怪方太太要懷疑，那不言的背後還有難言者在」（Chap.9）的一節，就是最有趣的例子。描寫戀愛心理，無論青年中年，作者都很精到，孫舞陽，「是個勇敢的大解放的超人」（Chap.9），她的戀愛行動是很坦白的，言行一致，在她「擁抱了滿頭冷汗的方羅蘭；她的只隔著一層薄綢的溫軟的胸脯貼住了方羅蘭劇跳的心窩；她的熱烘烘的嘴唇親在方羅蘭的麻木的嘴上；然後，她放了手，翩然自去」（Chap.9）的一段話和她的行動裏，寫得淋漓盡致了。寫浪漫行動的女性，也是恰如其分的。方太太的妒嫉心理，作者寫得尤是深切。有一段最微妙，節錄如下。

> 你究竟愛不愛孫舞陽？
> ——說過不止一次了，我和她沒關係。
> ——你想不想愛她？
> ——請你不要再提到她，永遠不要想著她。不行麼？
> ——我偏要提到她。孫舞陽，孫舞陽，孫舞陽……
> —— 梅麗，你戲弄我也該夠了！
> ——好罷，我對你老實說：除非是孫舞陽死了，或是嫁人了，
> 我這懷疑才能消滅。你為什麼不要她嫁人呢？

不可捉摸而又易於捉摸的女性妒嫉心理活現了，和孫舞陽向方羅蘭勸解的心理完全相反。這三個人物表演了一幕現代戀愛的活劇。我們不能否認作者對青年的戀愛心理有深刻的考察。這一方面描寫比革命成功。在本篇範圍裏比較，是方羅蘭的心理寫得最好，方太太次之。孫舞陽一類人物的心理，嚴格的說來，作者多少還有一些隔膜。

說到革命。在人物論裏已經說了大半。羣眾的閒情逸趣，一部分黨人的莫名其妙適應興致，都很切到。確是革命浪潮中的趣味人物。這樣的人物真是新鮮而又活潑。描摩黨人，是多方面的。個人的行動，散佈於全書各處，不便徵引。這裡舉一節恐怖時代的描寫，來印證作者關於革命描寫的力量。那是在公安局被打以後。

呼嘯的聲音正像風暴似的隱隱地來了。猶有餘驚的孫舞陽的一雙美目也不免呆鈍鈍了。滿屋子是驚慌的面孔，嘴失了效用。林子沖似乎還有膽，他喝著勤務兵和號房快去關閉大門，又拉過孫舞陽說道：

——你打電話給警備隊的副隊長，他和你有交情。

吶喊的聲音，更加近了，夾著鑼聲；還有更近些的野狗的狂怒的吠聲，牠們是照例的愛管閒事。陳中苦著臉向四下裏瞧，似乎想找一個躲避的地方。彭剛已經把上衣脫了，拿些墨水擦在臉上，說是他曾經化裝茶役脫過一次險。方羅蘭用兩個手背輪替著很忙亂的擦額上的急汗，反覆自語道：

——沒有一點武力是不行的！沒有一點武力是不行的！

突然，野狗的吠聲停止了；轟然一聲叫喊，似乎就在牆外，把房裏各位的心都震麻了。號房使著腳尖跑進來，張皇的然而輕輕的說：——來了，來了；打著大門了。怎麼辦呢？果然擂鼓似的打門聲也聽得了。那勤務兵飛也似的跑進來了。似乎流氓們已經攻進了大門。喊殺的聲音震得窗上的玻璃片也隱隱作響。房內的老地板格格的顫動起來；這是因為幾位先生的大腿很不客氣的先在那還抖索了。

——警備隊立刻就來！再支持五分鐘——十分鐘，就好了！

孫舞陽又出現在大眾面前，聳著裸露的半個肩頭，急急的說。大家纔記起她原是去打電話請救兵的。「警備隊」三字提了一下神，人們又有些活氣了：方羅蘭對勤務兵和號房喝號；

——跑進來做什麼？快去堵住門！

——把桌子椅子都堵在門上！林子沖追著說。

——只要五分鐘！來呀！搬桌子去堵住門！彭剛忽然震作起來，一雙手拉著會議室的長桌子就拖。一個兩個人出手幫著扛。啞的驚慌似乎已經退位，現在是嘈雜的緊張了。大門外，兇屬的單調的喊殺聲，也變成混亂的叫罵和撲打。（Chap.11）

這一節是如何的緊張生動？和顯克微支的《你往何處去》第三卷相較，自然相差得太遠。可是就全書論，情形總可以說是愈逼愈緊，文勢也愈趨愈緊。不是怎樣偉大的飛瀑，也並非是涓涓的細流。於此可見作者描寫革命的

力量。其他的地方，四章末節，當胡國光被請草宣言時，此地似應有一段微微羨嫉心理的描寫，二章商協的選舉，五章林子沖的話語與史俊的行動有共通性。十一章李克的行態，胡國光的反動，婦協的被搗毀，黨部的活劇，領袖的逃亡，以及各章的革命黨人的戀愛行動，無往而不是一九二七的普遍的現象。不僅可作小說讀，也可以作史的側面觀。尤其是，曾經接近革命的人們，對此當感到一般讀者所不曾感到的悲哀和歡欣。

　　自然還有許多小疵，第二章陸三爹錢學究的敘述，小說的風味就太濃厚。小孤孀的事件似乎不應該佔七章一章的分量，應歸併。八章的冒子沒有多少力量，九章 P.262-3 裏面的插敘不完善。還有，就是我在《幻滅》裏所舉出的，有許多語句的構造欠斟酌。

　　最後，請舉出全書最重要的，我們認為有改善的必要的幾點。第一，全書脫不盡舊小說的風味，雖然在形式上完全是新的格式，舊小說的風味是特殊的濃重，不是我們所需要的。第二，就是主客觀的敘述的不調劑。我們認定一三身稱的夾敘是可能的，不過這裡所採用的方法，十之八是純客觀的，事實上調劑不起來，不如痛快的用純客觀的描寫法。第三，在描寫方面有破敗的痕跡，讀者不能滿足，技巧方面得更進一步的修養。第四，是很重要的一點，就是作者描寫的方法有改正的必要。作者採用的完全是舊寫實主義的方法，始終很注意環境。所以作者無論如何忙迫，總要把景物等環象敘述一番。這是不必要的。總之，舊的寫實主義的立場於我們是不適宜的了。表現這個時代，新寫實主義的立場，我們覺得是正確的，必要的，這也就是說，作者的形式與內容，都須改正的。因為作者的意識還不是無產階級的。

　　《動搖》這部小說，嚴格的說來，是不完善的。但就目前的文壇的成績看，這是值得一讀的。雖然技巧有一些缺陷，但是規模具在；雖然意識模糊，我們終竟能在裏面捉到革命的實際。讀者們，在這部小說裏，所顯示的革命的結果何如呢？「實在世界變得太快太複雜太矛盾，我真真的迷失在那裡頭了。」（Chap.3），許多革命黨人因此而生了動搖。《動搖》以後怎麼辦呢？我們希望作者在第三部創作裏把他們重行穩定起來。或者把這樣的不徹底的改良主義人物送到墳墓裏去，他們本已是陳死人了。

5，29，1928。

三

《追求》

──一封信──

藻雪兄！

茅盾的《追求》的批評，三天前我就動筆了，但是直到昨天晚上，經過兩回的芻稿而始終不能愜意，所以，我決定暫且扔下，改作這一封書信給你，把我讀《追求》一書時所得到的印象，簡單的說明一回。

我請先引出原書中的一節：

> 他們都是要努力追求一些什麼的，他們各人都有一個憧憬，然而他們都失望了；他們的個性，思想，都不一樣，然而一樣的是失望！……他們失望者每每太空想，太把頭昂得高了一些，只看見天涯的彩霞，卻沒留神到腳邊就有個陷坑在著。（Chap.8）

我們不必敘述《追求》這一部創作的事實的經過及其結果，從上面所徵引的書末王仲昭所說的話裏，就可以捉到作者自己對於這種人物的說明和批判。書中每一個主人公，都有一個憧憬，「一個追逐一個的在淡黃油漆的四壁內磕撞」（Chap.2），但是，在結果，「就是得到了手的，卻在到手的一剎那間改變了面目」（Chap.8），全部的陷於失望了。史循說過，「人生畢竟不如所想像的那樣闇淡」（Chap.8），可是，這部創作所顯示的，祇有灰色的闇影，「灰色，滿眼的灰色」（Chap.3），滿眼的灰色而已。在全書裏是到處表現了病態，病態的人物，病態的思想，病態的行動，一切都是病態，一切都是不健全。作者客觀方面所表現的思想，也仍舊的不外乎悲哀與動搖。所以，這部創作的立場不是無產階級的。文學不僅是要表現生活，也還有創造生活的意義存在，表現生活以外，也得有 Propaganda 的作用。《幻滅》的結束是陰闇的，《動搖》的結束也是陰闇的，到了《追求》的結束，依舊是一例的陰闇。嚴格說來，《追求》雖具有革命的時代的色彩，然而不是革命的創作。在以前，我們希望作者改善他的技巧，從這一部去看，我們是要更進一步的希望他根本拋棄他自己現在的立場了！不然，這一種的痼疾，竟是改不過來的。……

站在我們自己的立場上，《追求》不是革命的創作。全書的 Climax 也弱於《幻滅》與《動搖》。然而，在描寫的一方面，較之《動搖》卻有很大的進展，心理分析的工夫也比《動搖》下得更深。他很精細的如醫生診斷脈案解

剖屍體般的解析青年的心理。尤其是兩性的戀愛心理，作者表現的極其深刻。

在人物之中，我想特殊的提出兩個人來說，第一是張曼青，作者說明他是一個用「一雙倦於諦視人生的眼睛」（Chap.1）在「苦苦的追索人生意義」（Chap.1）而「終於一無所得」（Chap.1）「變成悲觀」的人，作者把他的心理解剖得極清晰。然而，在我所感到的關於張曼青的描寫的技巧的好處，不是對曼青的心理演變的敘述，而是演成這種心理的背景與環境的分析。用曼青自己的話，說明他悲哀幻滅的原因是由於這「一年多的政治生活把他磨鍊成這個樣子的」（Chap.1）。因為「過去的多事的一年，真正的演盡了人事的變幻；眼看許多人突然升騰起來，又倏然沒落了；有多少事件使人歡欣鼓舞，有多少事件使人痛哭流涕，又有多少事件使人驚疑駭怪，幾乎不敢相信自己的眼睛自己的耳朵」（Chap.2）以致把他弄得「悲愴不能自己」，給予他許多的幻滅，同時他又藉著章秋柳的話，說還有另一種原因。那就是為階級心理所支配。他是一個小資產階級的知識分了，「沒有向善的勇氣，沒有墮落的膽量」（Chap.1）處在時代的急流之中，當然只有悲哀幻滅的可能。張曼青所以弄到如此的地步，是有政治的和階級的兩種原因。這一種解剖的重心的選擇及其分析的態度，研究這部創作時，無論如何，不應該忽略。

然而作者暗示的對於張曼青這人物的批判；帶有「必然的結果」的批判，卻是完全錯誤，和作者對於全書人物的整個的批判一樣。憤激脆弱的青年，固然有因政治的刺激而悲哀幻滅的，可是，要肯定的說，祇有這一條出路，死滅的出路，那所見就未免太狹了。我們可以考察作者是怎樣說的，「如果政治清明些，社會健全些，自然他們會納入正軌，可是在這混亂黑暗的時代，像他們這樣憤激而又脆弱的青年，大概祇能成為自暴自棄的頹廢者了。」（Chap.2），假使這是指一部分脆弱憤激的青年說話，當然是對的，其實憤激脆弱的青年，因環境的惡劣，自己要求的迫切，從鬥爭的經驗中，一變而為果敢勇毅，這種人物正所在多有呢！作者在理論上說明的如此，在其他人物的行動上所顯示的意義也是如此，這種思想是錯誤的，是悲哀幻滅的。

第二是章秋柳。不過我得說明，我引出章秋柳的意義，是要因著這個人物來把全書的戀愛心理解剖研究一回。秋柳的戀愛心理，已不是青年的戀愛心理，而是「少婦的情懷」，同樣的，張曼青的戀愛心理是中年人的心理了。在《動搖》中我們見過這種心理的表現，那就是方羅蘭對他夫人的回憶。在《追求》裏也有同樣的一回，所謂「喚起的不是溫馨的舊愛，而是辛酸的感

傷」（Chap.1）的一節。這一節是極富詩趣的，然而終竟沒有秋柳自白的一段令人迷醉，我覺得這是描寫戀愛的技巧中最好的一節。

「我信。但是，曼青，你有否親近過女子的身體？」

曼青心裏一跳，他辨不出這問是有意呢無意，好意呢惡意；可是章女士笑盈盈的又接著說下去了。

「也像今天的一個黃昏，大概還是要晚些，月亮在上面看得很分明，曼青，你那時曾經擁抱一個女子的潔白的身體。曼青，像做了一個夢，夢醒後沒有那女子，也沒有了你！」曼青不覺冷汗直流了。他覺得章女士的話裏有哀怨。隨回想當時自己行徑，這才認出來很像個騙子；騙得了女子的朱唇隨後又把她遺棄，他負著重罪似的偷偷地望了章女士一眼，但在薄暗的暮光中，他辨不出章女士的氣色，只看見她的唇上還是浮著溫柔的笑容。

他不知道應該怎樣回答。他極願擁抱著她，請她寬恕他的已往，請她容納他現在的熱情，可是又不敢冒昧；他深怕章女士只有怨恨，並無愛意。然而他又聽得章女士繼續著說：

「你是消失在茫茫的人海中了，然而你又突然出現了，你又突然出現了！」

章女士反覆諷詠這最後的一句，站起來把一雙手按在曼青肩頭。她眼光是如此溫柔，她的聲音似乎有些顫抖，她的手掌又是這樣的灼熱，曼青不能再有遲疑的餘地了；他抓住章女士的手輕輕揉捏著，就拉她近來，直到兩顆心的跳動合在一處。章女士微笑著半閉了眼，等候那震撼全心靈的一瞬，然而沒有。她的嘴唇上接了一吻，但是怎樣平凡的一吻呀，差不多就等於交際場中的一握手，舊日印象是回來了，過去的永久成了過去！（Chap.3）

據曼青所看到的，「章女士是一個多愁善感的神經質的女子，又一變成了追逐肉的享樂的唯我主義者」（Chap.3），曹志方所見到的卻是「有膽量，有決斷：毫沒顧慮，強壯，爽快的女子」（Chap.6）她自己的說明，卻又不同「我覺得短時期的熱烈的生活實在比長時期間的平凡生活有意義的多。自己最強的信念就是要把我的生活在人們的灰色生活上劃一道痕跡。無論做什麼事都好，我的口號是：不要平凡」（Chap.8），總之，就全書中所表現的章秋柳這個女子，是具有世紀末的痼疾的，是病態的。作者把她表現得很恰切。總之，

就《幻滅》，《動搖》，《追求》三書去看，在戀愛心理描寫方面，作者的技巧最令人感動的地方，卻是中年人對於青春戀愛的回憶敘述，是那麼的沉痛是那麼的動人。在《追求》全書中，不僅表現了這樣的心理，而且表現了兩性方面的妬嫉，變態性慾，說明了性的關係，戀愛的技巧，無論是那一方面，作者都精細的解剖了。在作者過去的三部創作之中，我感到的，作者是一個長於戀愛心理描寫的作家，對於革命祇把握得幻滅與動搖。

1. 妬嫉心理，參看 19 卷《小說月報》P.965，966，967，1061，1063，1075。
2. 變態性慾參看 P.839，674，875。
3. 性的關係，參看 Chap.5 王詩陶與章秋柳的話。另舉對話一例於下：
「不愛，為什麼讓我親嘴？」
「那也無非是偶然歡喜這麼做，譬如伸手給狗兒舐著。」（P.850）
4. 戀愛的技巧，除引例外，參看 P.845 外，引一例：
「曼青，你的情緒上有缺陷，你不得抓得了女子的熱情初動時的機會表示你的愛，你屬於羞怯一類。所以等到你自認是可以談到愛的時候，像章女士那樣的女子早已熱烈到要撲到你懷裏了。」
（P.938）

至於書中的其他人物，如「半步主義」的王仲昭，因生理心理雙方的影響而成功的頹廢的史循，徒有議論的龍飛，「自大的求愛者」的衝動的莫名所以的曹志方，在這封信裏我不想一一的去論，就是尊敬的極令人同情的王詩陶罷，她的賣性的不得已的心情雖在在令人震懾，然而不是一個真能把握到革命陣營裏的革命者生活的生活法。我也不敢說目前絕對沒有這樣的人物，但是在這樣的時期，女性除掉賣性就沒有更好的生活的出路，委實是值得研究的問題，而況王詩陶對於未來看得是那麼清晰。要說作者是藉此說明性的關係，那當然是另一問題，要藉此以暗示一種生活法也是可能的，若是藉此以表現女性的革命精神。那就和曹志方的行動一樣的可笑了。從王詩陶的思想與行動看去，她不是一個真正的革命者。

這一部創作裏好像是沒有單一的主人公的，然而在我個人閱讀完了的時候，卻感到張曼青章秋柳兩人給我的印象較深，或許是作者的技巧的關係，然而，我不知其他的讀者所得的印象為何如，作者的初意又何如。這祇是我

個人所感到的，我不是作者，我不能說出從全書所得到的結果以外的事。

　　我說過，這部創作是長於戀愛心理的描寫，同時也具著極濃厚的肉的氣息，但是在性慾描寫的一方面，作者的技巧卻失敗了，海濱旅館的一夜就是最顯著的證明（Chap.7），縱慾的技巧描寫得未能恰如其分，如阿志巴綏夫，如莫泊桑，裸露的一節（Chap.6）也不免是一個贅疣，可以刪掉，我覺得這樣的性慾的描寫方法是不適當的，全書後部的失敗的地方在此，至於整部的看來，第三章是最成熟的一章，第七章是最失敗的一章，其他地方也有許多小疵……不過作者從客觀方面所表現出的思想，是悲觀的，是幻滅的，這一點卻需要改正，然而，這是希望於作者以後的著作。一個革命的作家，他不能把握得革命的內在的精神，雖然作品上抹著極濃厚的時代色彩，雖然盡了「描寫」的能事，可是，這種作品我們是不需要的，是不革命的，無論他的自信為何如。……

　　以上的一些零碎意見，是我讀《追求》時所得著的，我想根據這結果來寫一篇批評，但是事實上是不可能了，我祇能把所得到的一點具體意見寫出來請教。我的態度較之批評《幻滅》與《動搖》時變了一點，這是對的，因為在我最近的經驗之中，覺得批評的態度要嚴整，不能太寬容。無論對於敵人，抑是自己陣營裏的同道者，事實上也有《追求》本身的原因，那就是無論作者下筆時的意義如何，我們從客觀方面看來，《幻滅》，《動搖》裏面多少還藏著一點生機，但是，但是《追求》何如呢，祇有悲觀，祇有幻滅，祇有死亡而已。「完了，我再不能把我自己的生活納入有組織的模子裏去；我祇能跟著我的熱烈的衝動，跟著魔鬼跑」（Chap.6），作者所表現的精神完全是如此，這是不得不令人失望的。在幻滅動搖之後，又加以最後的追求，可是這追求也失敗了，走入了絕路，我不知作者創作中的人物有沒有絕處逢生的時候，有沒有甦醒的希望。然而，我們是期待著，誠懇的期待著。……

十月十八上午五時至九時

四

《野薔薇》

　　茅盾在發表了他的《從牯嶺到東京》以後的第七個月，又在他的短篇集《野薔薇》的前面發表了《寫在〈野薔薇〉的前面》一文，進一步的闡明了他的創作的哲學。

這篇文章裏最主要的一段是這樣說：

> 知道信賴著將來的人，是有福的，是應該被讚美的。但是，慎勿以歷史的必然當作自身幸福的預約券，且又將這預約券作為嗎啡針，社會的活力，是沙上的樓閣，結果也祇得了必然的失敗。把未來的光明粉飾在現實的黑暗上，這樣的辦法，人們稱之為勇敢；然而掩藏了現實的黑暗，只想以將來的光明為掀動的手段；又算是什麼呀！真的勇者是敢於凝視現實的，是從現實的醜惡中體認出將來的必然，是並沒把她當作預約券而後始信賴。真的有效的工作是要使人們透視過現實的醜惡，而自己去認識人類偉大的將來，從而發生信賴。不要傷感於既往，也不要空誇著未來，應該凝視現實，分析現實，揭破現實；不能明確地認識現實的人，還是很多著。

在這一個斷片裏，他是很明白的把他的創作的哲學寫了出來；他的創作是不傷感於既往，也不空誇著將來，祇是凝視著現實，分析著現實，把醜惡的現實揭了開來；他依據著這種原則在從事於他的創作。

現在我們不妨根據這個原則去考察他的收在《野薔薇》一集裏的創作，看他的創作是否和他的理論相適應，看他的創作裏的執著現在的人物是否和他所崇拜的北歐女神 Verdandi 一樣，是盛年、活潑，勇敢，直視著前途。

若果這樣說，我們可以很簡單的先給予這問題以一個結論，那就是茅盾的創作中的人物在事實上並不能適應於他的理論。

我們就說《創造》中的嫻嫻罷，在她的性格和她的思想上，似乎是盛年、活潑，勇敢，直視著前途；而且是完全的執著現在了。但是，我們細考她的情緒與她的行動，卻簡直不是這麼一回事。她雖然高唱著「過去的，讓牠過去，永遠不要回顧；未來的，等來了時再說，不要空想；我們祇抓住了現在，用我們現在的理解，做我們所應該做」（P.34）的論調，但是，在事實上，「說她是不顧一切要實行她目前的主張罷，似乎不很像，她還不能擺脫舊習慣；她究竟還是奢侈嬌貴的少奶奶；說她是心安理得的樂於她的所謂活動罷，也似乎不像，她在動作後的剎那間時常流露了中心的彷徨和焦灼；」（P.38─9）她是「太肉感了些」，同時，也「太需要強烈的刺激」，她的行動以及她的情緒是完全的為世紀末的病態所支配著，是具有很濃重的頹廢的氣分，她似乎是盛年，似乎是活潑，又似乎是勇敢，然而她「直視著的前途」是什麼呢？……

這就是「抓住了現在」而「直視著前途」的嫻嫻，究其極，這樣的人物，

也不過是說明了「近代的迷亂和矛盾」,「動的熱的刺激的現代人生下面所隱伏的疲倦,驚悸和沉悶」而已,「前途」何有?

《自殺》中的環小姐好像不是這樣,她能夠意識到未來,雖然她是執著現在。可憐惜的是,當「一個模糊得很的觀念又在她腦裏一動:應該有出路,如果大膽地儘跟著潮流走,如果能夠應合這急遽轉變的社會的步驟,」那時候的「絲帶已經抽緊了,她的眼球開始凸出來,舌頭吐出拖長,臉上轉成了青白色」了。已經是來不及了。環小姐雖想執著現在,可是因為感受不了現實的壓迫,又不能找著一條出路而終於自殺了。這是環小姐的結果,是由於她的「軟弱的性格」所造成的「結局」。這一篇小說的主人公可以說是盛年的,沉鬱而不活潑的,勇於自殺的,伸出舌頭向前看的人物。

在她的自殺的過程之中,還有一件值得注意的事,就是在她把頭伸進「絲帶的環內」的時候,她有了個念頭,就是:「宣佈那一些騙人的解放自由光明的罪惡,」因為她認定「死就是宣佈」。大概茅盾所謂「揭發黑暗,使大家猛省」,就是這樣罷?死就是宣佈,去自殺以拯救人類,這就是執著現在的環小姐的推進社會的方法。

說過了古道可風,對社會採取著尸諫的辦法的環小姐以後,我們再看《詩與散文》裏所說明的是什麼。裏面的桂奶奶確實是一個執著現在的人,可是她所執著的現在依舊和《創造》裏的嫻嫻有些相似,完全是肉慾的,享樂的,病態的,在她的面前的確是沒有未來,也似乎忘了過去,祗執著現在在生活著,在享樂著,她祗是這樣的一個人物。

關於這一篇小說,我卻不願意依照茅盾自己所指示的去看,把桂奶奶當作主人公。我以為青年丙纔是一個主人公,雖然他也追隨著而且渴望著他的表妹——未來,可是他又不能忘卻桂奶奶的當前的肉感——現在,結果是對於未來的追求失敗了,他依舊是捉住了不滿而又依戀著的現在。同時,在《創造》篇裏顯示了與青年丙相反的人物,那就是君實,他是不想到未來的,但他回憶著過去,傷感著「過去的歡樂就這麼永遠過去,永遠喚不回來」,結果是過去的既不可挽回,未來的又不願去想,他依舊是執著了嫻嫻——現在!

還是回到女主人方面來說罷,在《一個女性》裏的瓊華,也是一個執著現在的人物,而且是一個被現在所折服了的人物。她的活潑,天真,以及和靄的性格,結果是被磨鍊成對於人類是無憎亦無愛的人物,並且以身殉了她的哲學。她一面憎恨著這樣醜惡的社會,一面卻又把自己同化了,在如此的

行為中找出路，這真可以說是，即使被找到出路，也同樣的是「醜惡的現實」了。這也就無怪乎茅盾祇要執著現在了……

最後是《疊》裏的張女士，這個人物她也祇認識現在。她對於一切的事，對於姨太太，對於蘭女士，都不曾有過積極的反抗行動；對於未來，她也不曾夢想得到，所以她的出路，是候問題臨頭的時候「還有地方逃避的時候，姑且先逃避一下罷」，她終於忘記不了現在。

以上的這些女主人公的行動，雖然她們的結局都有著她們的性格等等的關係，可是我們至少是可以看出，她們都是些執著現在，享樂現在，咒詛現在而又依戀現在，始終的不曾夢想到未來的人，她們似乎都是些尾巴主義者，「未來的，等來了時再說」，她們把未來看作「空想」。

這些女性人物不曾為北歐女神 Verdandi 所感化。她們始終的不能和她的「盛年，活潑，勇敢，直視前途」的條件相適應。結局，她們所代表的都是些醜惡的現實，祇是些醜惡的現實的曝露而已。

茅盾創作的目的，他是早已說過，是在於「揭破現實，促人深省」，他的目的就是要把這些現實的醜惡揭發出來；因此，這些人物的醜惡，是完全的有著她們的政治的經濟的以及社會的背景，她們都是些現實的人物，我們對於這一點是能十二分的理解，我們完全的承認這些人物都是些真實的人物。不過，因著這些人物都是些執著現在在生活著的人，而茅盾以北歐女神 Verdandi 為他理想的現在人的模範，所以我們拿來和他的作品裏的人物相論證，並據此給予這些執著現在的人物以相當的批判。

至於這些女性——少奶奶，小姐，女士們的階級立場，以及她們的意識形態，那是完全的能適應於他自己在《從牯嶺到東京》裏所發表的理論的，她們大都是他所說的「文藝天然對象」，大都是些小資產階級的知識分子。

下面我們就可以回到關於茅盾的創作的哲學，也就是他的創作的態度來討論了。

在一年來茅盾陸續發表的《從牯嶺到東京》，《讀〈倪煥之〉》，《寫在〈野薔薇〉的前面》三篇文裏，我們看到他有一種一貫的意見，那就是所謂「現實」的問題。他否認許多描寫英勇的革命的戰鬥的創作的事件是事實，他把這些比作紙上的勇敢；他祇承認他自己所寫的幻滅，動搖的事件是現實，是很忠實的描寫這種意見，在關於《野薔薇》一文裏已稍有轉變，他已經承認在「這混濁的社會裏也有些大勇者，真正的革命者，」但他接下去卻寫著，「更

多的是這些不很勇敢，不很澈悟的人物」的一句。而同時，又還是在非議著其他的作家；說：「把未來的光明粉飾在現實的黑暗上，這樣的辦法，人們稱之爲勇敢；然而掩藏了現實的黑暗，想以將來的光明爲掀動的手段，又算是什麼呀。」

我們就把這些意見綜合的來討論一回。

在實際上茅盾已經承認「現實」是有兩方面了，一種是「大勇者，眞正的革命者」，一種是「幻滅動搖的沒落人物」，不過因爲「幻滅動搖的沒落人物」是「更多」，所以他承認這是主要的「現實」，眞正能代表這個時代的作家應該抓住這種現實。

關於這，我們想先引一個歷史的例，那就是初期的寫實主義的作家，我們也不妨涉及浪漫主義的作家，他們對於當時的偉大的解放運動的態度的考察。佔據了半世紀以上的法國革命的戰鬥，牠的歷史的事件該是如何的充實呢，然而，反映到當時作家的著作裏的他們對於所謂下層始終的不表示好感，有的也竟和茅盾一樣，描寫著失敗後的黨人的幻滅與動搖。反而是普法戰爭的事件，他們卻興高采烈的拚命的描寫普軍的罪惡，以激起法國人的狹義的愛國心。所以，普力汗諾夫批評那一班人道：「初期的寫實主義者的保守的，甚至有一部份反動的思想形態，並不妨礙他們好好的研究著圍繞他們的環境，創作在藝術的意味上很有價值的作品，然而無疑的牠把他們的視野非常的縮小了。懷著敵意從那時代的偉大的解放運動背過臉去，因之，便把具有更豐富的內面生活的有興味的樣本除外了。對於他們研究著的環境的他們的客觀的關係，牠本身就是意味對於那環境的同情的缺乏。而且從那保守主義，他們當然不能同情在他們能夠觀察的唯一的東西——凡俗的市民的存在的『污泥』——之中生出的那『小小的思想』或『小小的激情』，普力汗諾夫是爲我們指出了當時的寫實主義作家所以然「懷著敵意從那時代的偉大的解放運動背過臉去」的原因。不僅是普力汗諾夫，就是盧那卡爾斯基（Lunacharsky）也曾有著相似的對於寫實主義的作家的批判。……

這一種事件，正可以作爲一九〇五以後的阿志巴綏夫（Aatzybashov），也可以作爲一九二七以後的茅盾的批判，雖然他們有許多不同之點，有許多不能以並論的地方。一九〇五的革命雖說是失敗了，但當時的革命的退守戰一直的持續到一九〇七。這其間不知道有多少的英勇的事實，暗示著革命的前途的事實，然而，阿志巴綏夫始終的不敢正面這些現實。在中國，自一九二

七年七月以後，各地的反抗也是和當時的俄羅斯一樣的爆發，接著又有了許多的英勇的不斷的戰鬥，在在的都表示了中國革命的前途，然而，茅盾是始終的不肯正面這些現實，反把這些現實當做非現實。何以他不敢正面這些現實呢，說到這，普力汗諾夫的話以及盧那卡爾斯基所說的「他們知識階級沉湎在一種悲痛的悲觀主義之中，一面厭棄著資產階級的統治者，一面對革命家的所常有的狂熱的態度認為過分」的話，正可以移用來作為對他的態度的恰切的說明了。

事實既必然的有兩面，那麼，一個真正的代表著時代的作家，他是應該做「大勇者，真正革命者」的代言人呢，還是做「幻滅動搖的沒落人物」的代言人呢，畢竟應該怎樣纔能完成這時代的作家的任務呢？——接著，我們應該解決這個問題。

所謂「大勇者，真正革命者」代表著什麼呢？他們是必然的代表著時代的進展，必然是代表著有著前途，有著希望的向上的人類，他們是創造著新的時代的腳色。「幻滅動搖的人物」卻不然，他們所能代表的祇是追不上時代的車輪的腳色，祇是擔負不起新的時代的創造者或推進者的責任的證明，祇是為時代所丟棄的沒落階級的象徵，他們是沒有前途，沒有希望，祇有毀滅。

在為高漲的資本主義毀壞了牠的存在權的「為藝術而藝術」的藝術不能存在的現代，我們是不能以此來做掩護自己的盾牌；我們是必然的要承認文藝的時代的使命以及階級的使命，必然的要承認文藝所擔負的時代的任務；文藝作家站在他的階級和時代的前面，是必然的要成為先鋒主義者，尾巴主義者不是他的任務；關於這，就是茅盾，在事實上也不至於否認吧？

若果詳細的闡明這個問題，那所牽涉的範圍就要變得太廣大了，所以，在這裡，祇能作一個簡單的解決。就依據這簡單的解決，那所謂文藝不僅僅是時代的反映，社會生活的反映，以及作家不應該依據人數的多寡而決定自己的任務，以及作家在他的階級和時代前面應該怎樣的處理他自己一些問題，也都是些不要再加解釋而能解決的問題了。

我們不反對曝露黑暗，而且絕對的主張曝露黑暗，但僅止於「凝視現實，分析現實，揭破現實」是絲毫沒有用處的；我們不反對「抓住現在」，但茅盾應該認清現在就是過去的進展，而未來就孕育於現在之中，沒有離開過去的現在，也沒有脫離現在的將來。

但是，茅盾的創作僅止於曝露了黑暗，僅止於描寫了沒落，僅止於回顧

過去（雖然他說「不要傷感於既往」），忘卻將來（雖說他主張「直視前途」），抓住了現在，他筆下的人物差不多完全的毀滅了自己的前途，而且也不能完全的適應於他自訂的創作的水準，從他的作品中絲毫不能「體認出將來的必然」來……

茅盾對於這一切又將何以自解？

說到《野薔薇》的技巧，那完全是承繼著他的《三部曲》的一貫的路線，細琢細磨的在筆尖上扭來扭去的做「纖微畢露」的照相的把戲；所不同的就是在這裡所收的五篇小說，差不多完全的進行著心理解剖的工夫，人物大都是些為「心獄」所苦的人；而這些人物的每一個都彷彿是在他的《三部曲》裏所遇著過的人；一切都沒有新的發現，新的改變……

在這裡面所表現的茅盾自己，也是和在《三部曲》裏所表現的一樣，是那樣的傷感，那樣的悲哀，那樣的憎惡人生的醜惡，社會的黑暗，傷感的情調是流露在每一篇之中。

這樣，假使有人問我們對於《野薔薇》以及對於茅盾的意見，我們就很容易答覆了，我們就很可以用一句話，很簡單的一句話，來作為對於茅盾和他的作品的總評了。

那就是，茅盾自己說明青年丙的話：

> 夢中的詩樣的情趣，
>
> 金色的泡沫，
>
> 全都消散了；
>
> **祇有灰暗沉重的現實，**
>
> **壓在他心靈！**

×　　　×　　　×　　　×

你幻滅動搖的沒落的人們呀，若果你們再這樣的沒落下去時，我們就把這一句話送給你們作為墓誌罷。

我們再不能對你們有什麼希望。

17，7，1930。

從東京回到武漢

錢杏邨

——讀了茅盾的《從牯嶺到東京》以後

一

到了東京的茅盾
——從《留別雲妹》說起

雲妹，半磅的紅茶已經泡完，

五百枝的香煙已經吸完，

四萬字的小說已經譯完，

白玉霜，司丹康，利索爾，哇度爾，考爾辯，班度拉，棚酸粉，

白綿花都已用完，

信封，信箋，稿紙，也都寫完，

矮克發也都拍完，

暑季亦已快完，

遊興是已消完，

路也都走完，

話也都說完，

錢快要用完，

一切都完了，完了，

可以走了！

此來別無所得，

但只飲過半盞「瓊漿」，

看過幾道飛瀑。

走過幾條亂山，

但也深深的領受了幻滅的悲哀！

後會何時？

我如何敢說！

後會何處？

　在春申江畔？

　在西子湖邊？

　在天津橋畔？

　　讀完了茅盾先生的《從牯嶺到東京》，很自然的就聯想到一九二七年八月十二日他在牯嶺寫的這首《留別雲妹》。那時正是革命高潮在激急的發展，白色恐怖不遺餘力的在摧殘革命勢力的時候。我們的茅盾先生，那時正在匡廬上遊山看瀑，和雲小姐談虱子，大大的幻滅起來（在茅盾先生自己看來這時並沒有動搖），寫作關於幻滅的著作。就我所看到的，他先在漢口的《中央日報副刊》上發表了在牯嶺寫的兩封說遊山以及雲小姐講虱子故事的通信，接著就在八月十九日發表了這首詩歌，他在這時是「深深的領略了幻滅的悲哀」。

　　於是，茅盾先生「別了雲妹」，下了牯嶺，「八月底回到上海」，「躲在房裏做文章」，「前後十個月沒有出過自家的大門」，「用追憶的氣分」，去寫《幻滅》與《動搖》兩部小說，以後又寫了《追求》，同時，還在《小說月報》上做《魯迅論》，《王魯彥論》。據他說，「王魯彥小說裏最可愛的人物，在我看來，是一些鄉村的小資產階級」，而希望王魯彥「拋棄了時時有的教訓主義色彩，用他的敏銳的感覺去描寫鄉村小資產階級，把他的 Canvas 擴展開來，那麼一定還有更好的成績」。對於魯迅，他是五體投地的，他同意於魯迅的表現，在《魯迅論》裏有這樣的一節說明：

　　　　但是我們不可上魯迅的當，以為他真個沒有指引路；他確沒有主義要宣傳，也不想發起什麼運動，他從不擺出我是青年導師的面孔，然而他確指引青年們一個大方針：怎樣生活著，怎樣動作著的

大方針。魯迅決不肯提出來呼號於青年之前，或板起了臉教訓他們，他的著作裏有許多是指引青年應當如何生活，如何行動的。在他的創作小說裏，有反面的解釋，在他的雜感和雜文裏就有正面的說明。

從牯嶺到離開上海之前的一個階段，根據上面的略說，我們的茅盾先生的態度已大部分的表示了出來。不過，他同時又表示著對於革命文藝的歡迎，在作品中偶而又微微的露一點對革命的信心，但態度又似乎很朦朧。一直到了東京之後，纔發表了《從牯嶺到東京》一文，正式的背叛起來，所以，為著普羅文學的前途起見，我們不能不嚴格的加以批判。

然而，在轉入正文之前，我們不能不把他在國內的，從武漢到上海的一個階段他的態度綜合的說明一下。這個，我們更容易找到茅盾先生理論的事實的根據，以及在從潯陽江上「手抱琵琶半遮面」以後一年所露出的他的整個面目的真實的背景：

自從一九二七年政治上有了最後一次的變化以後，我們的茅盾先生便一變幾年來的革命運動的精神，而大做其幻滅運動。在矛盾，幻滅，動搖，追求的當中，他對自己以前所信仰的革命起了懷疑，消極的幻滅起來。同時，他發現小資產階級是革命的重心，（我並不是誣蔑茅盾先生，《從牯嶺到東京》的全文裏，就充滿了這種暗示。所以，他起始說，不能拋棄小資產階級，談到小資產階級以後，他就根本上不提無產階級了），小資產階級是革命文藝的天然對象，他站在小資產階級的立場上，同情於魯彥的小資產階級的描寫，他同情於資產階級個人主義的自由思想者魯迅的虛無的哲學（參看拙著《死去了的阿Q時代》），他創作以小資產階級作主人翁的小說，他說明了他自己的意識完全是小資產階級的意識，所以，在矛盾，衝突，掙扎的結果，他終於離開了無產階級文藝的陣營！

這就是茅盾先生！這就是茅盾先生「悲痛中的自白！」讀者諸君！請仔細的分析一下：

「現在的茅盾先生究竟為那個階級所有？」

二　「纏綿幽怨」·「激昂憤發」·「迷亂灰色的人生」

在這一節開始，我提上這一行標題，正是因為這三個口號象徵了茅盾先生及其創作的全體，實在的，我們統觀茅盾先生的前後，他所有的祇是一種纏縣幽怨的激昂憤發，他所有的祇是迷亂灰色的人生。他所有的祇是悲觀的基調與一片灰色的前途！

我們且聽他自己道來：

> 我經驗了亂動的中國的最複雜的人生的一幕，終於感得了幻滅的悲哀，人生的矛盾，在消沉的心情下，孤寂的生活中，而尚受生活執著的支配，想要以我的生命力的餘燼從別方面在這迷亂灰色的人生內發一星微光，於是我就開始創作了。

同時，他又說道：

> 那時，我發生精神的苦悶，我的思想在片刻之間會有好幾次往復的衝突，我的情緒忽然而高亢灼熱，忽而跌下去，冰一般冷。這使我的作品有一層極厚的悲觀色彩；並且使我的作品有纏綿幽怨，激昂憤發的調子同著並在，《追求》就是這麼一件狂亂的混合物。

> 所以，我只能說老實話；我有點幻滅，我悲觀，我消沉，我都很老實的表現在三篇小說裏。我誠實的自白《幻滅》和《動搖》中間並沒有我自己的思想，那是客觀的描寫，《追求》中間卻有我最近的——便是作這篇小說的那一段時間——思想和情緒。《追求》的基調是極端的悲觀；

> 我承認這極端悲觀的基調是我自己的。

茅盾先生在這一段後面，並聲明說話要「求良心上的自安」，說得不但「纏綿幽怨」，而且「楚楚動人」，「淒涼哀怨」，具有不少的迷人的力量！

但是，這種被茅盾先生自己所「珍重」，所「歡喜」的悲觀的基調，以及他所表現的，他所說明的一切，在我們看來，不但生不出什麼同情，而且從這其間捉住了一般脆弱的，在「八七」以前對革命認識不清的小資產階級的墮落的生命。這樣墮落的青年，在他們投入革命的陣營的當時，是並沒有看到日後的這種分化是必然的結果，所以，一到階級的分裂尖銳化的今日，遇到資產階級與帝國主義互相勾結的摧殘與壓迫，此時就動搖幻滅起來，雖然有一部分還不積極的反動。這樣的結果當然要感到「幻滅的悲哀」，「人生的矛盾」，而形成「消沉的心情」，把整個的人生看作「迷亂灰色」了。這樣，不滿意於現實，想革命，而又顫抖在統治階級之前的人物的內心生活當然要衝突，矛盾，變成「狂亂的混合物」似的，在一切的表現上有「悲觀的基調」，使「纏綿幽怨」和「激昂憤發」的兩種調子並存，變成「幽怨」終身的人物的，那裡還會有什麼「一星微光」；不過是「感到孤寂」，剎那間再起一回「尋求光明」的念頭罷了，「精神甦醒過來」云乎哉！

　　這是關於茅盾先生本身的考察，這種種的現象可以說是全部的反映到了他的創作的裏面，所以，他要「粘住題目做文章」寫《幻滅》，寫《動搖》寫《追求》，而終之以《自殺》，這就是茅盾先生對於人生的新見解，他的創作裏的新生命。我們從他的小說裏看去，他是以爲中國的革命的理論是錯的，爲什麼中國的革命不以小資產階級爲主體，以小資產階級來領導，他確實有這樣的不滿的暗示。「黃鶴一去不復返」，我們的茅盾先生自從在黃鶴樓上放了他的最後對於革命的微光，他未必是能「復返」了，他現在已正式的實行離開了無產階級的文藝陣營了！

（2）

　　讀者諸君！請不要說我是捉狹！茅盾先生實在是好像始終如一的在「粘住題目做文章」，《從牯嶺到東京》也就是這樣做成功的。他是先有了以描寫小資產階級爲對象的三部作，而後纔有就三篇創作的題材的一致傾向而寫定的《從牯嶺到東京》，因此，他就根據題目與題材而發現了他的一種理想，這種理想就是：

> 以《從牯嶺到東京》爲理論的基礎，以《幻滅》，《動搖》，《追求》爲創作的範本，以小資產階級爲描寫的天然對象，以替小資產階級訴苦並激動他們的情熱爲目的的「茅盾主義文學」。

　　小資產階級是沒有自己的固定的階級的意識的，小資產階級的意識根本上就是浮動的。小資產階級在事實上是投降到大資產階級做俘虜，就是附庸於無產階級，或降落爲無產階級的。祇要就我們眼前的事實，或茅盾先生所表現的看法就可以明白。這一類的人物不是加入無產階級陣營裏來戰鬥，就是積極的或是消極的投降大資產階級。茅盾先生所表現的傾向當然是消極的投降大資產階級的人物的傾向，這樣的人物的精神，我們只要展開茅盾先生的創作，就可以看到是那樣的幻滅，動搖，矛盾，衝突！是那樣的可憐，那樣的迷亂灰色。茅盾先生說，我們要激發這一類人物的感情，這話當然不能說是毫無意義的，然而，他們的眞實的生命已經放在我們的面前了，我們就是根據革命的現階段的戰術與戰略而說，我們對於這樣的小資產階級也值得以大部分力量去專做激動他們的工作麼？也值得以這樣的具著悲觀的基調的生物爲革命的主力軍麼？茅盾先生未免是太不顧事實，太愛「粘住題目做文章」了，革命的主要力量祇有廣大的工農羣眾，文藝的天然對象也祇有廣大的工農羣眾，以小資產階級爲革命的主力軍固然是不可能，以小資產階級爲革命的天然對象也是根本上不能成立的。

退一步。我們就以所謂「激動小資產階級的熱情」來說，茅盾先生的著作究竟激動了這一類的人物沒有呢？老實說來，《幻滅》祇給予他們以一種「幻滅」的激動，《動搖》是推動他們加緊「動搖」起來，《追求》於他們是一無所得。茅盾先生的著作對於他們什麼也沒有激動。由此，我們更可以得到一個結論：

茅盾先生的理論是不能適應他的創作的，他祇是在「粘住題目做文章」！

所以，就是根據茅盾先生試驗的結果立論，他的「茅盾主義文學」的主張也是根本上不能成立的。然而，我們不能不承認他的「說教」是會動搖，迷亂一部分思想不穩定的青年；因此，我們必得加以詳細的批判！

（3）

寫到這裡，我想到幾個問題。第一，就是茅盾先生否認他是動搖，同時也否認《幻滅》是表現小資產階級對於革命的動搖。這一句話我覺得多少有點滑稽性。茅盾先生自己是否動搖，我們姑且不問。但靜女士候而對於革命事業信任，候而消極，候而又去幹，這樣的三次兩番，是不是由動搖而又穩定，由穩定而再動搖呢？而且，幻滅的本身多少就包含著動搖的成分在內，這也是很顯然的。至於茅盾先生說，「我並不想嘲笑小資產階級」，我看了《從牯嶺到東京》以後，當然為相信這句話，可是，靜女士的那樣幻滅動搖的經過，在茅盾先生雖然認定是很莊嚴的，我卻覺得茅盾先生是曝露她的醜態。這當然是各人的立場不同的原因。至於說，「這是普遍的，凡是真心熱望革命的人們都曾在那時候有過這樣一度的幻滅」，茅盾先生對這句話果真負責任時，那是未免說的太攏統了。始終不幻滅，在白色壓迫下始終苦鬥著的正所在多有呢；這裡，我以為茅盾先生有加上「像我這樣」四個字在「凡是」兩個字的後面的必要。第二，說到《動搖》，茅盾先生說，「更沒有半分意思攻擊機會主義」，我想茅盾先生不攻擊機會主義也是當然的事。據《從牯嶺到東京》看去，茅盾先生正在以不遷就當時的統治者的革命的勢力為非呢！所以他很輕巧的把「左傾幼稚病」整個的責任加在「投機分子」的身上。「對於湖北那時的政治情形不很熟悉的人自然的茫然不知所云的」，茅盾先生，你是在夫子自道了！「左傾幼稚病」固然不能說「投機分子」不能不負責任，但是，加上全稱肯定，那就不免是坐在編輯「主筆先生」的話了。而且，講到不熟悉政治情形的話，我又想到「都曾幻滅」的話來。茅盾先生的離開武漢

是很早的（據茅盾先生和雲小姐談虱子的信可以推知），那時大屠殺還沒有開始，英勇的抗鬥的起始是在茅盾先生在牯嶺偕同雲小姐看瀑布的時候，大概是因著在匡廬主觀的看法，說是「都曾幻滅」罷……

總之，茅盾先生說的不錯，「如果讀者所得的印象而竟全部不是那麼一回事，那就是作者描寫的失敗了」，假使要這樣說，茅盾先生的技巧確實是有些地方是失敗的。我們也可以用另一個原則來說明。就是：

批評者衹能從作者所表現的一切加以批判。因此，他所得到的結果，不一定與作者的原意相同。並且批評者的階級的立場也未必是作者的階級的立場。所以，我認為《幻滅》是嘲笑小資產階級對於革命的《動搖》，是攻擊投機分子的兩個批判。從《幻滅》《動搖》兩篇所表現的看法並沒有什麼錯誤！

我這樣說，並不是要茅盾先生承認他在創作時「嘲笑」，「攻擊」的意思，茅盾先生的創作的態度在《從牯嶺到東京》一文裏，說得已經很明白的了。他說，「《幻滅》等三篇只是時代的描寫，是自己想能夠如何忠實便如何忠實的時代描寫」，「人物對於革命的感應是合於當時的客觀情形。」雖然他鄭重的聲明，「未嘗依了自然主義的規律開始創作生涯」，然而，從任何方面去看，他都還是在用著自然主義的方法。於此，我們可以找到：

茅盾先生推動熱情的方法，是守著自然主義原則的消極推動法！

（4）

大概是因為守著自然主義的基本法則的原故，所以，我們的茅盾先生表示這樣的不滿：「如果嘴上說得勇敢些，像一個慷慨激昂之士，大概我的讚美者還要多些罷；但是我素來不善於痛哭流涕，劍拔弩張的那一套壯士氣概，並且想到自己只能躲在房裏做文章，已經是可鄙的懦怯，何必再不自慚的偏要嘴硬呢！我就覺得躲在房裏寫在紙面的勇敢話是可笑的，想以此欺世盜名，博人家說一聲『畢竟還是革命的』，我並不反對別人去這麼做，但我自己卻是一百二十分不願意。」茅盾先生這樣的煽動有力的句子，當然是會博得很多的人喝采的。可是關於這一點，我不想去過問。我要說的就是茅盾先生這種說法，仍然是「推己及人」的主觀看法。不錯，茅盾先生是十個月不出大門，然而，其他的作者，似乎並沒有這樣，並沒有這樣的「可鄙的懦怯」，並沒有這樣的「躲在房裏做文章」，他們的戰鬥的事跡，在政治的和經濟的高壓下依舊是不屈的反抗，不斷的努力，這是公開在讀者的面前的。他們始終

如一的在壓迫與摧殘的底下進行著他們的工作，他們並沒有「一出大門，便上東京」；他們依舊的盡著他們應當盡的責任，每天都在都市的街衢上，並沒有關在房裏「纏綿幽怨，激昂奮發」。茅盾先生的這種說法，不但「對於革命有點欠理解」，而且「對於革命文藝家的行動與革命的關係也不很明瞭」，大概是因爲在國內深居不出，出門後又一直徑往東京，對於一切的事實有點模糊的原故。不然，是決不會發出這樣不理解事實的議論的。

這樣。我對於茅盾先生津津自詡的所謂「客觀的眞實」就覺得有加註解的必要了。茅盾先生所表現的誠然是「客觀的眞實」，所發的議論也確實有「客觀的眞實」的依據。然而，茅盾先生所說的「客觀的眞實」，不是我們所說的客觀的眞實。

茅盾先生所說的「客觀的眞實」是有他自己的立場的。他的立場，是依據他的理論，是屬於不長進的——革命的小資產階級的，是幻滅動搖的——革命的小資產階級的。因此，他所說的「客觀的眞實」，衹是站在他自己的階級的立場上所看到的眞實！

我們對於茅盾先生加以考察，這是應該有的一種基本的認識。

三、幻滅動搖的時代推動論

——標語口號文藝宣傳留聲機器

這裡，我們轉入標語口號，文藝宣傳，和留聲機器三個問題來討論。關於標語口號文學一問題，在其他關於批評的文字裏，我曾寫過一些零碎的意見，現在且轉抄於下：

> 所犯的毛病，正是托洛斯基（Trotsky）所說在無產階級文學初期所不可避免的毛病，就是口號標語似的。這是沒有辦法的事。因爲我們現在所提的口號，都是我們所要求的解放自己的口號，這些口號就足以象徵現代革命青年的要求。所以詩歌的標語化，口號化是必然的事實，必得經過的一個階段。我們要問詩歌爲什麼要有這樣的現象，我們得先認識革命的現階段是怎樣的一個階段。這雖然是應該避免的現象。不過，我們總希望此後的詩歌能漸漸的離開標語與口號的一般形式。(《與馮憲章書》)

> 雖然被許多人譏刺爲口號標語，其實，這種宣傳創作，並不是易於做的。沒有相當的技術的修養的工夫，結果的很容易走入三條

歧路，一是變成定型的標語口號，一是變成夾敘事的議論文章，三是生硬做作的裂痕。（《平地風波評》）

　　宣傳文藝當然不能說一定要全篇充滿了宣傳標語或口號，然而，絕對的避免口號標語，一定要根據所描寫的事實，讓題材客觀的去動人，去宣傳，那也就未免太不了解文藝的社會的使命了。所以，在革命現階段「標語口號文學」（注意！我不是說標語口號）在事實上還不是沒有作用的，這種文學對於革命的前途是比任何種種的文藝更具有力量的。不過，我們對於這種文藝的創作，所要注意的有特殊的三點，那就是在《評平地風波》裏所說的宣傳文藝的「三條歧路」了。總之，宣傳文藝的重要條件是煽動，在煽動力量豐富的程度上規定文章的作用的多寡。我們不必絕對的去避免標語口號，我們也不必在作品裏專門堆砌口號標語，然而，我們必定要做到有豐富的煽動的力量的一點。這裡所說的煽動的力量，不一定是指技巧的煽動，當然內容的具有煽動性也是必要的。宣傳文藝的條件就是要鼓動，要起煽動的作用。（《關於前田河廣一郎戲劇的批評》）

　　關於以上所徵引的幾節，我覺得有補充說明的必要，那就是「標語口號文學」一術語是沿用的，這個術語是含有對於無產階級的宣傳文學的諷刺的意義。其實：

　　文學之於宣傳的關聯是必然的，無論那一個階級的文學作家都是替他們自己的階級在宣傳。同時，在創作裏也有他們自己階級的口號存在。不過，他們因為有長期的歷史的背景，會使用巧妙的裝隱法，大部分是採取著暗示的方法罷了。

　　因此，在無產階級的文藝運動的初期，作家由於技巧修養的缺乏，祇把核心的意義寫了出來，祇把要求的內含具體的寫了出來，多少免不了帶著濃重的口號標語的彩色的技巧幼稚的作品，遂被他們目為「口號標語文學」。這種術語的產生，固然是含有惡意的攻擊，可是，在事實上也是必得經過階段，必得經過這一個「標語口號」的時代，然而，資產階級作家指的不是這一點，他們的術語的意義是指著整個的無產階級的宣傳文學……

　　進一步說，初期的無產階級文學，就是有的在技巧上已有相當的好處，也不會使資產階級作家滿意的。因為無產階級作家的創作，不是無所為，不是創作消閒藝術，他們的創作有新的內容，新的意識，新的要求，這些都不

是資產階級作家所同意而覺得新奇的。所提的意見，在他們看來，當然是「不入耳之言」，而必得加以攻擊。事實上他們也許並不是不知道這種幼稚現象是必經的階段，是向上的過程，是歷史的必然的過程，不過「明知故昧」罷了。

再就「標語口號文學」這術語中的本身方面說，加上這個術語的資產階級作家的動機固然是不好，它的本身卻含有宣傳文學的本質意義。因為：

無產階級文學不是無產階級的消閒藝術，是是一種鬥爭藝術，一種鬥爭的利器！它是有它的政治的使命的！創作的內容是必然的要適應於政治的宣傳的口號與鼓動的口號的！所謂「在適當的時機，提出適當的標語，使民眾呼應這個標語，使這標語表現於事實上」（Stalin）。它所要求的不僅是文藝的形式的本身價值，雖然無產階級作家並不肯忽略創作的技術的形式。

　　附註：宣傳的口號是基本的要求的宣傳，鼓動的口號是適應環境的臨時口號。

歸結一句話，資產階級作家的謾罵，提出「標語口號文學」一名辭來謾罵，其結果，即使他們不是明知故昧，也不過是證明他們還是不曾了解文藝的階級的使命，證明他們沒有注意到歷史的事實；沒有明瞭自從社會有了階級對立以來，階級藝術便從民眾藝術變成特殊階級的消閒藝術，以後又隨著階級鬥爭之發展而變遷，同時藝術的形式也是與實際生活以及階級地位相關係的歷史的過程罷了。所以，這一個術語，雖是資產階級作家用來謾罵的工具，用來反應無產階級的「宣傳文藝」一術語，在事實上祇做了無產階級文藝運動初期的不可避免的一部分不健全的技巧的創作的說明，事實上是阻止不了無產階級鬥爭文藝的發展的。

然而，我這些零碎的意見，並不和茅盾先生的意見衝突，——我要聲明，這裡所說的茅盾先生是幻滅以前的茅盾先生——他提倡無產階級文學很早的，至早是在三四年以前。那時的茅盾先生對於技巧的幼稚病是怎樣的意見呢？他在《論無產階級藝術》裏說的是：「一個年齡幼稚而處境艱難的階級之初生的藝術，當然有不免內容淺狹的毛病。而所以不免淺狹之故，一因缺乏經驗，二因供給題材的範圍太小」。（《文學週報》合訂本第一冊）而在 192 期《文學週報》裏茅盾先生又曾譯這一句話，「文學與藝術作為宣傳的工具，唯在革命之前是有力的有用的，那時需要文藝來喚醒羣眾」。（F.Rubiner：《關於烈夫的通信》）在今年，在《歡迎太陽》一文裏也似乎用過原諒初期幼稚的話。不過，這零碎些的意見，我想不必多抄，且引一節茅盾先生在一九二六年三

月二七日在漢口《中央日報》上爲最近自殺了的青年文藝作家顧仲起先生的詩集《紅光》做的序言中的一節，來作整個的說明：

> 《紅光》本身是慷慨的呼號，悲憤的囈語（？），或者可說是標語的集合體。也許有些行不由徑的批評家要說這不是詩，是宣傳的標語，根本不是文學。但是，在這裡——空氣極端緊張的這裡，反是這樣奇突的呼喊口號式的新詩，才可算是環境產生的新文學。我們知道俄國在十月革命以後，新派革命詩人如馬露考夫斯基等的著作，正也是口號的集合體，然而，正如託羅斯基所說，這些口號的新詩，不但是時代的產物，環境的產物，並且確爲十月革命後的新文學的基石，並且，在變動的時代，神經緊張的人們已經不耐煩去靜聆雅緻細樂，需要大鑼大鼓，才合乎脾胃。

（十六年三月五日作）

讀者諸君！茅盾先生在過去將年的指導理論，我已經引出一部分來了，我能怎樣說呢？不僅是我，恐怕讀者諸君也不免於模糊罷？以上的理論正是我們的茅盾先生用自己的鞭子鞭抽他在《從牯嶺到東京》裏所發表的主張，不，我想茅盾先生是不會這樣說的，他要說，他是在用《從牯嶺到東京》的鞭子在鞭抽他的過去的思想。對了，我想茅盾先生一定是這樣作結論，而且會附帶的說明：

他的從無產階級文藝立場退到小資產階級的立場，從認爲必然的初期的無產階級文藝的缺陷，而變爲以這不完全的狀態作爲他的攻擊無產階級文學對象，是自己的進步！

可是，被茅盾先生自己用鞭子抽出的理論，他幫助我們證實了這種且看著標語口號的創作正是無產階級文學初期的必然現象，以及這種且看著標語口號的創作正是「新文學的奠基石。」其他，如我在前面所說，也多補充之點。根據幻滅前的茅盾先生的話和我們的關於這問題的說明，對於「標語口號文學」這問題已經有了不少的解釋。

以下我們轉入文藝與宣傳的一問題來討論。

（2）

在說到文藝與宣傳的一問題之前，還有一個必得說明的問題，那就是未來派文學在俄國的失敗是不是爲著他們製造了大批的「標語口號文學」了。

關於這個問題：傅克興君在《創造月刊》上解釋得很好，「未來派的作品根本沒有站在普羅的立場上，只是些小資產階級知識分子賣弄些文學上的專門曲藝，非是專門家不能了解他們的好處，他們不能把握大眾是應當的」。未來派的失敗並不是爲著標語口號，實在是因爲未來派文學爲大眾所不能了解，不是無產階級文學。正等於表現派的文學一樣的不是無產階級文學的原故。

（3）

關於文藝與宣傳，根據上面所說，也可以講大體也曾解析明白了。這種文藝，就是宣傳文藝，最低限度在無產階級勝利之前是有用的，這裡，我想再引一兩節辛克萊（Upton Sinclair）的話，把文學與宣傳的關係做一個具體的說明：

> 一切的藝術都是宣傳。普遍地，而且不可避免地是宣傳；有時無意識地，然而，常時故意地是宣傳。

> 各種宣傳的目的，在使這宣傳的貫徹；主要之點，須在不知道這是宣傳而被感動，所以在宣傳之上施一層新的裝隱法是必要的。

假使茅盾先生以這樣的立意做文，那是對的，無產階級文藝作家誰都應該承認這失敗的原因，承認改造的必要的，無如我們的茅盾先生「在小資產階級羣眾植立了根腳」，忽略了他以前所能以了解的「應用文字的武器，組織大眾的意識和生活，推進社會的潮流」的無產階級文藝的意義。他忘卻了宣傳的文藝也有它的組織大眾，推前大眾的責任，他同時忘卻了文藝的階級意識宣傳的必然的作用。

總之，我對於茅盾先生「有革命情熱而忽略於文藝的本質」和「把文藝也視爲狹義的宣傳工具」二語，根本上就認爲不對。

第一，無產階級作家誰都沒有忽略了文藝的本質。作品有時陷於標語口號集合體的形式，完全是由於他們在技巧方面修養工夫的缺乏，不是他們有意的。這一點，根據茅盾先生在《論無產階級藝術》裏的議論，他並不是不知道，他應該採取推進的批評的方法，不應該一句抹煞。

第二，狹義的宣傳工具一點，我覺得根本不能成立。假使要說文藝不能爲某一個階級去宣傳，那麼，茅盾先生大可以去提倡羅曼羅蘭（Rolland）的民治主義的民眾藝術去，做各階級聯合的訴苦運動好了，何必專門去替小資產階級訴苦呢？——難道這不是狹意的宣傳麼？茅盾先生並沒有「缺乏文學修養」，何以也「會不知不覺的走上了這條路」呢？

講到「被許為最有革命性的作品，卻正是並不反對革命文藝的人們所歎息搖頭了。」的一句話，我認為茅盾先生犯了論理學上所謂「不周到」的毛病。茅盾先生應該指出這些「不反對革命文藝」的人們是怎樣的人物；因為革命文藝反映到資產階級裏眼裏，他們是會根本搖頭的，雖然他們也要說革命；就是映到民族資產階級知識分子，以及進步的貴族的面前，他們也是要搖頭的，雖然他們也大談其革命。茅盾先生所說的搖頭人物，根據他們祇會「不反對」，祇會「搖頭」的意識上看去，恐怕是不出於上列的人物之外罷。果真是他們搖頭，我認為對於無產階級文藝前途是絲毫不足憂慮的，因為他們根本上就不需要無產階級文學，他們自有他們的以幻滅動搖推動時代的茅盾先生的創作做「欣賞」的讀物的。至於當初之所以注意，那不過是為好奇心所趨使；看看是什麼東西，以及是否代表「自己人們」說話而已。這樣，等到他們發現無產階級文藝眞精神時，他們怎能不搖頭呢？這一點，我不需要多說了，在這一章裏，我已經寫了不少，不必再精細的說明了。

（4）

最後，我們回到所謂「留聲機器」問題。這個口號是麥克昂君在《創造月刊》上提出的，這個警語是非常正確的。我們可以先看他自己的解釋：「留聲機器不消說是一個警語，這裡所含的意義用在現在就是辯證法唯物論」。他又解釋它的戰鬥的過程說：

「當一個留聲機器——這是文藝青年們最好的信條。

你們不要以為這是太容易了，這兒有幾個必要的條件：

第一，要你接近那種聲音（接近工農羣眾去獲得普羅的精神）；

第二，要你無我（克服自己舊有的資產階級的意識形態）；

第三，要你能動活（把新得的意識形態在實際上表示出來，並且再生產地增長鞏固這新得的意識形態）。

不要亂吹你們的破喇叭（克服你們決要蛻變的布爾喬亞的意德沃羅基，當一個留聲機器罷！（戰取辯證法唯物論！）」

——請參看《創造月刊》一卷八號麥克昂《英雄樹》，《文化批判》三期麥克昂《留聲機器的迴音》及二期李初梨《怎樣的建設革命文學》。

但是，我們的茅盾先生對於這個主張是認為不滿意的，他「就不能自信做了留聲機器吆喝者：這是出路，往這邊來是有什麼價值」。他當然是不願意

當一個留聲機器，正如麥克昂君自己所說，「不當一個留聲機器——這在有產者或小有產者意識十足或者尚未完全 Aufheben（蛻變）的人是十分中聽的一個標語」。不過，關於這問題的答辯，我不想說什麼話，我認為引用傅克興君的話來說明是更恰當的。下面就是他的答辯這個問題的原文了：

> 這個問題是麥克昂君提出的，並且在《創造月刊》上有過他的解釋。由字面上講，有點機械化的誤會，其實用很具體的名詞來代表辯證法的唯物論。這是他的卓見，這句話即是講：革命文藝家應該用辯證法的唯物論的眼光，來分析客觀的現實，把這客觀的現實再現於他的作品。即是講革命文藝不可不立足於客觀具體的美學上。如果革命文藝真真站在客觀的具體的美學上，才能真正同舊文學根本對立。才能真真化為普羅文學。

> 我們要知道舊文學所以成為統治階級的文學，並不是因為描寫過封建地主資本家等，而是因為牠所反映的意識形態，是利於統治階級擁護他們的階級利益的意識形態。譬如茅盾君的幻滅，雖然描寫幾個小資產階級，但是因為他所描寫的幻滅，只是機械的客觀描寫，除描寫的幻滅以外更無其他目的，很明顯地反映了資產階級的藝術至上主義。在這革命潮流劇急發展的時期，很容易為統治階級削弱革命底勢力使一般小資產階級迷離徬徨，所以牠的效果確是反動的。

> 革命文藝要成為無產階級文藝，也斷不是因為描寫了工農，為工農告苦；就是因為牠所反映的意識形態，是促進工農的解放，為工農謀利益的意識形態。這種形態使羣眾一天天地明瞭統治階級的罪惡，一天天組織化，革命化，對於統治階級是根本沒利的。

> 茅先生或許是因為物質的環境的原故，根本不能了解留聲機器的奧義，而覺得是一種凌辱，那是當然的。至於茅先生要覺得有價值的，在革命文藝上不得不有反對的評價了，

> 茅先生也許是要革命的，那麼你先要完全棄掉你自己階級的利益，努力獲得無產階級的意識罷！

——《小資產階級文藝理論的謬誤》

四　所謂文藝的天然對象

——並論其他的關於茅盾先生文藝的主張

　　茅盾先生說，「中國革命是否竟可拋開小資產階級也還是一個費人研究的問題。我就覺得中國革命的前途還不能全然拋開小資產階級」。茅盾先生又說道，「什麼是我們革命文藝的讀者對象？或許有人要說，被壓迫的勞苦羣眾。是的，我很願意我很希望被壓迫的勞苦羣眾能夠做革命文藝的讀者對象，但是，事實上怎麼呢？請恕我又要說不中聽的話了，爲勞苦羣眾而作的新文學是只有不勞苦的小資產階級知識分子來閱讀了。」

　　根據茅盾先生上面的兩節話看去，茅盾先生似乎並不是站在小資產階級的立場上說話，他不過是不願意完全拋棄小資產階級，不過是對「在題材方面太不顧到小資產階級」的文藝表示不滿罷了。然而，事實究竟如何呢？祇要稍稍注意他所說的一切，就可以看到茅盾先生說話的方式雖然不痛快，可是他是隱約的有著固定的程序的。

　　　　茅盾先生說話的程序，可以分爲三段。第一段說「不能完全拋
　　　棄小資產階級」。接著就有了第二段：「小資產階級佔全國的人數十
　　　分有六」。第三段纔露出眞實的面目，從根本上把無產階級拋在一
　　　邊，絕口不提，只大倡其小資產階級的文藝論了！這是茅盾先生「眞
　　　面目的暗示的漸露法。」

　　每個階級都有他們自己的文藝，我想茅盾先生是沒有理由說他的這個主張專對文藝一方面而言。假使這麼說，那是根本不通。茅盾先生！再不要扭捏吧，老老實實的提出「反對無產階級文藝，提倡小資產階級文藝」的一個口號來罷！你是「天然的」承認自己是小資產階級的代言者了！

（2）

　　「圖窮而匕首見」，茅盾先生的主張事實上也不必再掩藏了。我們認識了他的基本態度，他的眞實的面目。我們找出了對方的立場，我們再討論他所說的一切，這是比較便容易下手的。不過，要請讀者諸君認取：

　　　　我們這一次的戰鬥是和與魯迅一班人的戰鬥不同的，這一次的
　　　戰鬥是無產階級文藝戰線與不長進的所謂革命的小資產階級的代言
　　　者的戰鬥！

　　這好像是一個插話，是要再提一提我們的對方，認取我們的敵人究竟是那個階級的人物。

（3）

　　然後，我們就可以回轉來討論其他的問題了。茅盾先生說，「現在的新文藝勞苦群眾並不能讀，即使你朗誦給他們聽，他們還是不了解。」「說是因此須得更努力作些新東西來給他們麼？理由何嘗的不正確，但事實總是事實，他們還是不能懂得你的話，你的太歐化或是太文言化的白話。如果先要使他們聽得懂，惟有用方言來做小說，編戲曲，但不幸方言文學是極難的工作，目下尚未有人嘗試」。因此，他雖「不說竟可不作此類的文學」，「但事實總是事實」，他祇認得小資產階級是「事實上的讀者對象」了。

　　茅盾先生的話，說來何嘗沒有理由，何嘗不是事實，不過目前的新文藝作品，勞苦的工農究竟能否誦讀，是不完全如茅盾先生所言。事實是各地工人自五卅以後，因為鬥爭的關係，無論在意識上在教育上已然是很進步的了。農村小資產階級和農民也是有了相當的覺醒，不是幾年前的工人農民了。這樣，何以見得他們中就沒有一部分人能接受新文藝呢？何以能讀「灘簧，小調，花鼓戲」而不能讀茅盾先生所說的「標語口號的集合體」的文學呢？（注意！這是拋開了工農的經濟與時間所說）何以要站在小資產階級的立場上寫為小資產階級訴苦的東西給他們看呢？事實既為我們證實了小資產階級不能領導革命，祇能跟著勞苦的工農走，我們站在無產階級的立場上寫些東西給他們看，使他們知道革命的前途是怎樣前途，工農的要求是怎樣要求，工農的優點在什麼地方，工農和小資產階級的關係如何切要，使他們同情革命，豈不是更應該的麼？總之，我們盡量的設計使文學能以大眾化這是對的，必然的要站在小資產階級的立場上寫革命文學，事實上是不需要的。進一步說，革命文學必然的要求適合於大部分小資產階級的口味是不可能的。就如站在小資產階級的立場上所寫定的茅盾先生的小說罷，這些小說是否適宜於他們的口味，根本上就成問題。因為你要他們「歡喜」我們根據他們自己的階級情狀去看，祇有不違背傳統思想的東西是適宜的。我們果真能這樣迎合他們的要求去創作麼？去創作革命文學麼？假使根據他們的階級事實，我們這樣的去做，那麼，老實不客氣的說，我們不但不必說革命，更不必談革命文學了。不如聽其自生自滅，讓他們仍舊的做愚民政策下的愚民好了。

（4）

　　說到這裡，我想起一個根本問題。我覺得茅盾先生對於「革命文藝」的意義還不曾了解。他以為「革命文藝」專門是供給勞苦的工農的讀物，所以他發那樣的議論。其實，「革命文藝」的事實並不如他所說，並不是「最可痛心的茅盾現象」，也並不是「能力的誤費」，也並不是「作品的對象是甲，而接受作品的是乙」。所以，在這裡，我不能不把「革命文藝」的意義說明一回：

> 　　關於無產階級的革命文藝，它的作品的意識與情緒必然的是無產階級的意識與情緒。它的取材是沒有限制的。無產階級，小資產階級，大資產階級，帝國主義，統治階級，貪污豪紳……各方面都可以取材。祇要題材能以推動影響小資產階級，使他們能理解革命，同情革命，加入無產階級來革命，祇要題材能以喚醒無產階級的意識，使他們覺悟，使他們自己組織起來，使他們自己解放自己。它的技巧，是不妨採用諷刺的，曝露的，鼓動的，和教導的四種形式。它是無產階級解放的武器之一，它的目的是鼓動，是指示出路，不是訴苦。它的讀者並非局限於無產階級。

　　至於說到小資產階級革命問題，這是一個很大的問題，不是這一篇文章所能討論完盡的。我祇能在這裡簡單的說明，我並沒有說小資產階級全都是不革命的，不過，我們敢以決定，小資產階級是沒有能力領導革命的，無論你是從政治方面考察，抑是從經濟方面考察，茅盾先生，你太看重小資產階級，這是你的錯誤，小資產階級是從十分之六跑到十分之八，他們在事實上也不會自己革命起來呢！說到「題材方面太不顧到小資產階級」問題，我對茅盾先生的話是不能理解，因為我們已有革命文藝創作裏的人物並沒有多少的工農羣眾，我們對於題材所不滿的正是小資產階級人物太多。我想茅盾先生的意思或者是如此：「革命文藝題材太不注重小資產階級的小商人，中小農，破落的書香人家，太注意小資產階級的智識分子」，假使這樣說，那就對了，革命文藝實在有這種缺陷，然事實上可用不著「太」。然而，這一點並不是「我們的作家只忙於追逐世界文藝的新潮」，忘記了這樣的「主要材料」。關於這一點，我還是要引用茅盾先生自己的話來答覆他自己，「茅盾」先生實在太「矛盾」了。

　　茅盾先生在幾年前《論無產階級藝術》道：「作者缺乏經驗，除勞動者生

活外便沒有題材，這果然是無產階級藝術現今內容淺狹的原故了，但是，無產階級作者觀念的褊狹──即對於經驗的材料所取的態度之褊狹，也是個重要的原因。此等褊狹態度之顯而易見者，即是作家每喜取階級鬥爭中的流血經驗做題材，把藝術的內容限制在無產階級『作戰』這一方面。此事原不足怪。一個方始打斷了鐵鐐而解放了自己的階級，怎能忘記『作戰』呢？一個尚受四週的敵人的恐嚇而時時需要自衛的階級，又怎不能把『作戰』視為全心靈的主體呢？所以，此時的無產階級作家把本階級作戰的勇敢視為描寫的唯一對象，正是自然的事，或者竟是無產階級初期的必然現象。可是以後，這個觀念一定嫌太狹小；無產階作家一定要拋棄了這個狹小的觀念，而後無產階級藝術的內容乃得豐富充實」，今日的中國無產階級文壇的現象正類乎此；何以我們的茅盾先生對蘇俄的這種情形予以十二分的原諒，而對中國的無產階級藝術，竟有這樣的相反的態度呢！這當然是在階級鬥爭尖銳化的過程中的必然的現象，所謂革命小資產階級終於脫離了革命的戰線了。

（5）

　　茅盾先生又說「小資產階級文藝的主要材料」，這個顯然是站在小資產階級的立場上說話，我們可以把他的小資產階級的文藝建設論抄下，並在一起來說明一回。

> 　　為追逐革命文藝的前途計，第一要務在使它從青年學生中間走出來，走入小資產階級羣眾中，在小資產階級羣眾中植了腳跟。而要達到此點，應該先把題材轉移到小商人，中小農等等的生活。不要太多的新名辭，不要歐化的句法，不要新思想的說教似的宣傳，只要樸質有力的抓住小資產階級生活的核心的描寫。文藝的技術至少須先辦到幾個消極的條件──不要歐化，不要多用新術語，不要從正面說教似的宣傳新思想。

　　這是茅盾先生的最後面目，前面的一段都是為反襯這個主張而有的。第一，他主張革命文藝應該站在小資產階級市民中植立腳跟。第二，他主張不要歐化，少用新術語，要通俗，要適應於小資產階級市民的技術。第三，他主張要描寫小資產階級市民生活的核心。第四，創作要替小資產階級市民「訴苦」，使他們「歡喜看」，附帶的主張「不要從正面說教似的宣傳新思想。」

　　關於這些問題，我的意見是：把無產階級的革命文學的基礎植立在小資產階級的市民中間，這是很顯然的笑話，無產階級文學祇是要在小資產階級

的羣眾中發生作用，它事實上是不能建設在這樣基礎石上的。所以，茅盾先生所說的革命文藝，我們老實不客氣的講，他的立場是「小資產階級的」！第二的問題，原則可以說是對的，文句當然應該通俗，不過也有事實的問題，那就是遇到有不是一個單句所能說盡的意思怎麼辦呢？（這也是中國語的大病根）我們應該說在可能的範圍內求淺顯通俗，但這種標準是不能以小資產階級的市民做對象的。然而，茅盾先生如此說。所以，他的立場還是小資產階級的文藝立場。第三的一點，口號本身已為我們證實了他的立場，是錯誤的，文藝的目的不祇是寫出生活的核心就算完全的，它是具有巨大的作用的。僅只寫出生活核心的一句話在以前雖然可以成立：但不是無產階級文學的主意，是為資本主義所麻醉了的資產階級的藝術意義。可是茅盾先生又似乎不曾忽略這些地方，他也曾好幾次提出「訴苦」問題，這個問題當然和上一條一樣的錯誤，無產階級文藝不是訴苦，是要推動羣眾，使社會變革的，祇有小資產階級的特性是不安於現實，很多的又沒有勇氣去革命，結果只好「訴苦」，「訴苦」，終結也還是「訴苦」了事。茅盾先生說的革命文藝是那一種的革命文藝於此可見。講到「歡喜看」那更是笑話。無產階級文藝目的不會是要人歡喜看的，祇有資產階級的藝術專門供人欣賞，頑弄的。不要採取正面的宣傳的問題是必要的，然而也要根據事實的情形，假使某一篇創作的目的是要正面鼓動！那也祇好從正面下手，應該避免的當然要避免，不過我們不希望全是術語口號的集合體的創作罷了。

（6）

根據上面的話，我們可以斷定茅盾先生的目的並不是要推進無產階級文藝的發展，「圖窮而匕首見」，他的目的祇是打倒無產階級革命文藝運動來提倡小資產階級的革命罷了。歷史的事實告訴我們，小資產階級是不能領導革命的，這個階級的本身也就是可革命不可革命的，無論從那一方面看去，他們都沒有獨立的建設他們自己階級的革命文藝的可能性。這在前面我已經略有說明。這裡，再引用傅克興先生代來做一回重複的答辯：

> 茅先生以為資產階級有資產階級文學，無產階級有無產階級底文學，全國幾乎十分之六，是屬於小資產階級的中國，應該有小資產階級的文學。這可是滑稽了。小資產階級介在兩大對立階級之間，物質的環境好，他會升做資產階級去壓迫工農；並且平日也希望他的階級上昇，千方百計的剝削工農，或做資產階級的走狗，附屬在

資產階級的陣營內；如果物質的環境不好呢，他自己降爲無產階級，是無產階級的兄弟，一樣會打倒資產階級，附屬無產階級裏面。所以在階級社會內向來沒有獨特的位置。至於他的意識呢，爲物質的生活條件所規定，除了動搖幻滅狐疑傷感而外，並沒有特別的地方。我們要拿這種意識形態創設眞正小資產階級的文學嗎？那眞是有害的能力的誤費！

　　小資產階級不能領導革命，小資產階級的革命文學不能成立，於此可見。而根據世界歷史的事實，以及幾年來政治的演變，以及工農羣眾力量的日漸的發展，小資產階級日趨破產，我們是可以看到被茅盾先生所看重的現在的小資產階級對於革命究竟處在若何地位。同時，我們也可以看到，中國革命的前途必然的是社會主義的。我們在這樣的環境之下，讀者諸君，姑無論事實上能否成立，我們要提倡小資產階級的革命文藝究竟有什麼依據，又有什麼意義呢！要就滾到無產階級的陣營裏來，要就滾到資產階級的懷抱裏去，在事實上沒有小資產階級革命文藝的一條路可以給於大眾走的！這樣的口號，在事實上不過是曝露想革命而又沒有勇氣去革命的小資產階級的聊以自慰兼以騙人的醜態罷了。「小資產階級革命文藝」云乎哉，一個滑稽的，祇能博得幻滅動搖的墮落的小資產階級同情的口號而已矣……

五　從東京到武漢
——關於新寫實主義問題

　　在《從牯嶺到東京》一文的大體上，我已立逐一的加以批評，在這兒所剩下的問題，就是一個所謂新寫實主義的問題了。關於這個問題，我們的茅盾先生解釋得很有趣。他說：「新寫實主義起於現實的壓迫；當時俄國承白黨內亂之後，紙張非常缺乏，定期刊物或報紙的文藝欄都只有極小的地位，又因那時的生活的緊張，急變的，不宜於弛緩迂迴的調子，那就自然而產生了一種適合於此種精神律奏和實際困難的文體，那就是把文學作品章段字句都簡練起來，皆去不必要的環境描寫和心理描寫，使成爲短小精悍，緊張有刺激性的一種文體。因事用字是愈省愈好，彷彿打電報，所以最初有人戲稱電報體，後來就發展成爲新寫實主義。」新寫實主義果眞是這樣的產物麼？僅只是要節省緊張嗎？不知茅盾先生何所據而云然。至於我們所說的新寫實主義，是因爲；

「新寫實主義是無產階級寫實主義！」

新寫實主義至少有這樣的幾個特質；

1. 第一的特質是承繼以前的寫實主義的。就是新寫實主義作家的態度，是澈頭澈尾的客觀的現實的。要離開一切主觀的構造來觀察現實。但作家所取的立場應該是無產階級的立場！

2. 第二的特質是新寫實主義作家他們必然的是克服了資產階級寫實主義的自然科學的寫實主義，而獲得相反的社會的觀點，把一切個人問題也用社會的觀點來觀察的方法，去和那把社會的問題也歸於人的本性的認識方法對抗，同時，也不像小資產階級站在階級妥協的立場，而認定社會發展的推動力，不在階級的調和，而在公然的或應然的鬥爭的事。

3. 第三的特質是，新寫實主義的作家必然的是獲得了明確的階級的觀點，是站在戰鬥的無產階級的立場的。他們是用無產階級前衛的眼光在觀察這個世界，而把它描寫出來。

4. 第四的特質是，新寫實主義的取材足捨棄了對於無產階級解放的無用的偶然的東西，而採取其必要的，必然的東西。它的題材的對象，描寫勞動者，也描寫農民，小市民，資本家——凡與無產階級解散有關係一切的東西。他們用無產階級的現在的唯一的客觀的觀點去描寫。總之問題是在觀點，是在題材。

我們所說的新寫實主義，是這樣的寫實主義，並不為節省紙張的新寫實主義。我們所說的新寫實主義是無產階級的寫實主義，我們所提倡的寫實主義，不是為茅盾先生所想的所崇拜的，所依據為創作的路的資產階級寫實主義，我們所說的：

　　　新寫實主義是無產階級的戰鬥藝術，是無產階級解放運動的一
　種武器！

這樣的內容反映到它的技巧，那是必然的要在可能的範圍內盡量要求普遍化，通俗化；簡鍊的技巧於是便有必要了。這裡所說的簡鍊，並不是要為茅盾先生所說要如打電報，要變成文言文，因為這裡所謂簡鍊不是指的單一的語句，而是整個的描寫的方法。就是說那些不必要的描寫，我們應該盡量的拋棄，不必像舊寫實主義的創作，在描寫時一定顧到他們的三個基本條件，而它的基本對象也並不是小資產階級的市民。茅盾先生關於新寫實主義技巧的兩個問題，根本上是沒有討論的可能性的。

　　嗚呼！茅盾先生的走入歧途已經不成問題，事實已經很明白的放在我們的眼前了。我們爲著無產階級文藝前途的發展而戰鬥，我們「在事實上」不能不揭穿，批駁他的主張，使革命的青年不致因他的甘言蜜語爲他所惑。同時，我們認爲每一個唯物論者誰都應該是一個勇於檢點自己的錯誤的人。無論何如，茅盾先生曾經相信過無產階級的唯物的哲學的，如果他能以翻然悔悟，那我們指出他的錯誤，也就是希望他能把革命的現狀重行考察一下，把自己的理論重行檢定一回，認取自己的錯誤，勇敢的回到無產階級文藝的陣營裏來，依舊的爲著無產階級文藝勝利的前途而戰鬥！茅盾先生！小資產階級革命文藝的主張不必繼續下去了，還是穩定起來罷！革命前途的事實是明明的在昭告我們，祇有加入無產階級而戰鬥這一條路是我們的唯一的出路！

一九二九年一月三日

　　附記　關於新寫實主義係根據林伯修譯的藏原惟人的《到新寫實主義的路》（《太陽月刊停刊號》）立論。傅克興君的《小資產階級文藝理論之謬誤》（《創造月刊》二卷五號）可資參證，希望讀者參看。茅盾先生原文載《小說月報》十九卷十號及小說集《追求》的末尾。

　　補記　本文寫成後，《創造月刊》六號出版。載有李初梨君關於《從牯嶺到東京》一文的批駁，與本文頗有關聯，且有補本文之不足處，亦希讀者參閱。又，《認識》半月刊第一期上潘梓年先生的《到了東京的茅盾》一文，同樣有參證的必要。

批評與分析

錢杏邨

　　茅盾在《文學週報》第八卷的第二十號裏發表了一篇題做《讀〈倪煥之〉》的批評，分析五四以來的中國文壇的形勢，答辯各方面對他的《從牯嶺到東京》的批評，並解釋批判葉聖陶所著的長篇創作《倪煥之》；這篇批評所涉及的範圍非常廣闊，所包含的問題也特別的多，若果詳細的檢討，那是非專書不能盡意的；這裏祇想把幾個主要的問題，提出來簡單的「批評分析」一回。

一　關於五四以來的中國文壇的分析

　　茅盾對於五四以來的每個作家的「批評與分析」是否正確，在這裡我們沒有一一討論的可能；我們認為最主要的，是從他對於每個作家的「批評與分析」裏，找出他的「批評與分析」的出發點——他的批評的立場來。

　　茅盾批評每個作家的態度怎樣呢？他的態度以及方法，比他作《魯迅論》，《王魯彥論》時確實是進步了不少。他的主要的態度是：祇要某一個作家所表現的人生能代表「現代中國人生的一角」，而這個「人生的一角」是與他的時代有相當的關聯，在他的意思，這就是我們所需要的作家了。至於所表現的「人生的一角」是代表著時代的主流（所謂向上的前進的精神），抑是表現著卑鄙的墮落，在他是認為沒有注意的必要的。

　　在關於五四以來中國文壇的分析裏面，茅盾特別的指出當時「文學研究會」和「創造社」的「為人生的藝術」和「為藝術而藝術」的論戰，而把「新文學」所以不能產生成熟的作品的原因歸在「當時的文壇議論龐雜，散亂了作家注意」的一點上——再痛快點說，茅盾的意思，是要歸罪於「創造社」。並且對於「創造社」的方向轉換，多少含著一些冷嘲的意味。

這是茅盾分析五四以來的中國文壇的形勢一部分裏的兩個主要問題。兩方面看去，我們是很顯明的可以看到茅盾對普羅列塔利亞的鬥爭藝術的意義是完全不懂，而祇是取著一個資產階級的科學的批評論者的立場在批判一切；他同時又忽略了文藝的政治經濟的基礎，把「創造社」的前後不同的主張看作個人的行動，而不追尋這幾年來的社會變革的過程以及「創造社」轉變的社會經濟的依據。

茅盾是自始至終的站在舊寫實主義的理論家的立場上在說話，從上面所舉出兩點完全可以看出，那麼，他對於五四以來的中國文壇的整個分析是否正確，已是不解決而解決的問題了。

二　關於《從牯嶺到東京》

關於《從牯嶺到東京》一文，除茅盾指出的傅克興的《小資產階級理論的謬誤》，潘梓年的《到了東京的茅盾》而外，還有李初梨的《對於所謂小資產階級革命文學的抬頭普羅列塔利亞文學應該怎樣防衛自己》，我的《從東京回到武漢》，在這幾篇答辯的批評裏，對於茅盾提出的所謂「具體的問題」已有了相當的答覆，這裏不再論及。

在《讀〈倪煥之〉》一文裏所說及的關於《從牯嶺到東京》的一部分裏，我們認為有下列的幾點，不得不加以簡略的說明。

茅盾把一九二八年春初的普羅列塔利亞文藝運動所作「空肚子頂石板的怪現象」，和「只是賣膏藥式的十八句江湖口訣那樣的標語口號式或廣告式的文藝」，這種判斷是否正確，我祇希望讀者參看上面所舉的四篇答辯批評，那裏是給予了解決的。這裏所要指出的，是茅盾的理論方面是根本錯誤了。他不應該因著初期的幼稚，便決定普羅列塔利亞文藝的不能存在，而必然的要以小資產階級為「描寫的天然對象」；他應該檢討當時的客觀環境是否有普羅列塔利亞文藝的要求，普羅列塔利亞的文藝是不是有它的客觀的存在性，而給予一個解決。但是，茅盾不注意這主要的地方，這當然是由於他的論斷的方法不正確所致。

其次，是關於小資產階級的描寫的對象問題，這問題的答辯在所舉的四篇批評裏也都有了相當的解答，在這裏要指出的，是茅盾在《讀倪煥之》一文裏已稍稍修正他的錯誤了，他已經進一步的說，「此後的文藝能夠跟上時代的小資產階級廣泛羣眾間有一些兒作用」了，不是「天然的對象」了。他把

《從牯嶺到東京》一文著對小資產階級的熱心減了不少了。至於「描寫小資產階級生活就是落伍」一問題，誰個也沒有說過，我們批評茅盾，是因為茅盾的創作裏的小資產階級人物都是表示著幻滅動搖！如一九〇五年以後的阿志巴綏夫一樣。茅盾的創作中人物的幻滅與動搖決不能說是整個的小資產階級幻滅動搖，那麼，攻擊茅盾的小資產階級人物的幻滅與動搖，並不是說整個的小資產階級的幻滅與動搖，已是很明白的事了。茅盾為什麼硬要把自己當做整個小資產階級的代表，而規定整個的小資產階級幻滅動搖呢？……

茅盾說：描寫落伍的小資產階級自有它的「反面的積極性」，但是，我們敢問，茅盾的創作的「反面積極性」究竟在什麼地方呢？茅盾自己說，「幻滅祇是幻滅，動搖祇是動搖，追求也祇是追求」，那麼，還有什麼「反面的積極性」可言呢？充其量也不過是自表其對現實的苦悶，沒有出路的沒落的悲哀而已。梅林格在批評《寫實主義與新浪漫主義》一文還說，「他們不應該單描寫了在沒落著的世界就算了，也應該描寫在生長著的世界的」（一九〇八年作），描寫向上的一面，就是「超過真實的空想的樂觀麼？」茅盾的意思，是祇有他自己所見到的纔是真實，別人所見的都不是真實（參看我的《文藝與現實》一文，《現代中國文學作家》第二卷），我們想，茅盾先生要就澈底的轉換過來，糾正自己的錯誤，不必再強辯的來為自己的創作掩護了。

這是對於《讀倪煥之》一文裏關於《從牯嶺到東京》一隨筆的片段的解答，從這些地方看去，是很明顯的表示出，茅盾不過是有意的在為自己的幻滅動搖的創作在掩護而已。

三　關於《倪煥之》問題

關於《倪煥之》一書我在批評《倪煥之》短文裏，已發表了相當的意見。這部書如其說是「十年來的代表時代的扛鼎之作」，我們不如說是結束了因五四的衝激而覺醒，而革命的青年，因為對革命的階段沒有明瞭的認識，看不慣革命的流血，顫慄消沉於恐怖之前，毀滅了他們的生命，終於在一九二七年毀滅了他們的生命，結束了他們的前途的扛鼎之作；雖然除開最後十多章，把前十九章當作教育小說讀，那是一部很有力量的反封建勢力的教育小說。

「倪煥之」這樣的人物，和茅盾的創作中的人物是比較接近的，這也就無怪乎茅盾說，這種人物是「值得同情」的了。不過，倪煥之這人物的坦白態度，自己明白自己的態度，知道自己雖不能擔起時代的任務，而還有另一

部人能以擔得起的態度，卻是茅盾創作中的人物做夢都想不到的。茅盾的人物，是明明的沒落而否認沒落，明明的落伍而還是不斷的倔強強辯的人物。我們對於倪煥之這樣的人物是可以給予相當的寬容，對於茅盾的創作裏的那樣人物在事實上是毫無假借的要給予嚴厲的指摘和批判的，我們一點也不能寬容。

關於《倪煥之》這部小說，在劃時代的一點上，確有相當的意義，《倪煥之》本身是結束了舊的時代，同時在他彌留之際，他說明了新的時代已經是在生長著。然而如茅盾所說，「這是代表轉換期中的革命的智識分子的意識形態」，卻是我們不同意的。轉換期中的智識分子固不能免有這樣的消極的份子，然而積極的，不逃避的苦鬥下去的也所在多是吧？茅盾為什麼不能看到這一點呢？難不成整個的智識階級都像茅盾創作中人物的那樣的可憐麼？

我們避免重複起見，在《倪煥之》一評裏所說的話，這裡不再重說了。總之，茅盾對《倪煥之》所以五體投地的原因，詳細的說來，其理由不外兩點。其一，就是《倪煥之》一書關聯著時代，而且表現了「現代中國人生的一角」，正是適應於茅盾的立場的創作；其二，那就是「倪煥之」這樣的人物除自己明白自己外，與茅盾的人物是具有不少的同感的，幻滅動搖與消極頹喪本是不可分離的兄弟⋯⋯

讀了茅盾的《讀〈倪煥之〉》一文，除去在我們答辯他的《從牯嶺到東京》，《在〈野薔薇〉的前面》（即《文藝與現實》一文），以及批評葉紹鈞的《倪煥之》幾篇文裏已經涉及的問題而外，我們在這裡已經很具體的從他的態度上，他的立場上，給予了以上的簡明的說明，把我們的意思展開了一個輪廓了；茅盾的理論是否正確，他對於普羅列塔利亞文藝運動是否真個了解，和他所謂的普羅列塔利亞的革命文學，究竟是個什麼東西，我們敢信讀者是已經能夠把握到的了。不過我們還是最希望讀者能夠參看上面所舉出的幾篇批評，加上那幾篇裏所涉及的一切問題，那纔是對他的《讀〈倪煥之〉》一文的很詳細的答覆。

十二月十二日

到了東京的茅盾

潘梓年

中國發生無產階級文學運動以來，所有對牠意圖中傷的言論，都是不能自圓其說的冷譏熱諷，現在有位茅盾先生在《小說月報》十九卷第十號上發表一篇《從牯嶺到東京》，可以說是反對派強有力的文字。可是我們一考其內容，與前者相較，也不過百步與五十步之比，在消極方面，徒然增加意圖中傷的那一派無聊文學家的氣焰罷了。

照他那篇文字講來，中國的無產階級文學運動就簡直是胡鬧；中國的無產階級文學簡直是不可能。而他那篇的行文卻是非常婉轉，說話也非常漂亮，粗粗一看，我們很容易給他的巧言令色迷住而首肯不迭。然而，稍一覈核，也就立刻可以看出他這個茅盾簡直是個矛盾的結晶！

那篇文字引起了的關於文學上的問題的實在太多了，這裡不預備一一舉出，加以討論。這裡只想拈出其中個人認爲很爲重要不可輕易放過的問題兩個，和讀者研究一下。第一，小說中的出路這問題：第二，無產階級文學的題材和意義這問題。

第一個問題是目前最嚴重而且是最根本的問題。要從這問題上立論，他寫那文字簡直是在誘惑青年，居心叵測。他一則說，「我就不能自信做了留聲機吆喝著：『這是出路，往這裡來！』是有什麼價值並且良心上自安的。」再則說「……我實在自始就不贊成一年來許多人所呼號吶喊的『出路』，這出路之差不多成爲『絕路』，現在不是已經證明得很明白？」這顯然含著政治上的意味，不管他的說話是在文學上講還是直指政治本身講。因爲文學中的出路，無法免除政治上的意義。然而，後面他又說「我看見北歐運命女神中間的一個很莊嚴地在我面前，督促引著我向前！她的永遠奮鬥的精神，將我吸引著

向前！」他如果沒有他的另一條出路，他的向前將往那裡去？那他的出路到底是什麼呢？

「一年來許多人所呼號吶喊的」總不一共聲吧？其中是那些「出路」已成為「絕路」了呢？全數嗎？來「證明得很明白」的又是什麼呢？呼號吶喊，照他說則「一年來，」卻已一一得到了「很明白」的證明，這是惟中國能有之的奇蹟！人們從有史以來有所謂革命的運動已不知有幾次了，那一次不是經過了多少年艱難奮鬥才得成功？孫中山先生以前奮鬥了數十年灰心出國，後來聽見人家告訴他，才知道區區幾十年不滿足以灰心，現在我們這位茅盾先生只聽了「一年來」的呼號。卻已見了「很明白」的「證明」了，「可是大天才」又那能夠有這樣的「發現」！而且居然已去「牯嶺養病，」牯嶺之不足，又「到東京，」實堪和那位「多愁多病的雲小姐」媲美了！

我們只知道人們的出路，只能由歷史來決定：如果歷史的進展指示給我們的出路要往那裡去找，我們就是碰掉了腦袋，也不「見」得這就是「像蒼蠅那樣向窗玻片盲撞；」反過來，所吶喊的出路，如果不是歷史進展所指示的那一條，就是不出一年竟已榮登大位，也不見得那是「有什麼價值並且良心上（可以）自安。」此外，就不知道還有什麼方法，可以在一年來就得到很明白的證明，說這是絕路。你說「這出路之差不多成『絕路，』……已經證明得很明白，」到底是指著什麼講的？我們出路之是否為絕路，只能到歷史的進程中去找根據，不能到成功或失敗的現實中去找證明；只有機會主義者會有那樣的眼光和意念，茅（算他姓茅吧？）先生呀，你那「話兒」果是從何說起啊！你又談，「我不能積極的指引一些什麼——姑且說是出路吧！」那自然是不能：誰也不能。我們只能做一個被指引者，不能做一個指引者。但是，指引我們的，只能是歷史的演進，不能是什麼「運命（的）女神。」茅先生（又是一個茅先生）呀，你如果不接受歷史的指引而卻跟著什麼雲小姐運命的女神去亂跑，那麼，就請你莫再管咱們的事了，還是在東京多呆幾年，多研究幾年自然主義，多做幾年托爾斯泰，免得你「纏綿幽怨，」抱三閭大夫的隱憂！

其次，「我不能使我小說中人有一條出路，就因為我既不願意昧著良心說自己以為不然的話，而又不是大天才能夠發見一條自信得過的出路來指引給大家。」那句話，也是迷惑力很強，危險性很大的蠱言。

要使小說中人沒有一條出路，是不可能的事；即使小說中人迷惘苦悶到

只看自殺也就是一條出路。從客觀上講，如果一篇小說使人讀了毫不能在他生命的闖進上受什麼影響，那小說就沒有存在。從主觀上講，如果作者沒有一個確定的立場和觀點斷不能對周遭作何觀察，有何觀感，更不能寫出七萬字左右的小說三篇或二十萬字左右的小說一篇。所以「我那小說想給人家一條出路」的話，只是誑言。

並且，我們現在的出路已由歷史指示得明明白白，不知為什麼他又良心上不安起來，以致不能發現一條自信得過的出路。我們現在所需要的就是對這歷史所指示的抱著堅定的信心，不顧成敗利鈍地向前猛進的大眾；我們現在所需要的就是能立在這歷史所指示的立場上去覺察事實，構成文藝，用以指引大眾的迷惘苦悶，把他們的情緒組織起來，覺醒出一個明確的意識，跟著歷史的指示去跑路——的那種作品；我們絕對不需要起興於雲小姐，推波於「會見了幾個舊友，知道了一些痛心的事」，只看孤獨的「不能披露的新聞訪稿」而不見整個的歷史的人，來「黏住了題目做文章。」更不需要一經挫折就要卜牯嶺，到東京，自己禁閉在三層樓上去寫那纏綿幽怨的文字。

講到第二個問題，從他那篇文字的第七節看來，可以斷定他實在毫未理解得中國所發生的無產階級文學運動到底是什麼一回事。

他那節文字，開始是說現在革命文學的新作品，「有更多的人搖頭」，原因是「新作品終於自己暴露了不能擺脫標語口號文學的拘囿」。一轉而說「今後革命文學的讀者的對象」，「不得不是乙」，即「不勞苦的小資產階級知識分子」。再轉而說「中國革命的前途還不能全然拋開小資產階級」。三轉而說「文壇上沒有表現小資產階級的作品不能不說是怪現象」。四轉而說「現在為革命文學的前途計，應該先把題材轉移到小商人，中小農等等的生活，質樸有力的抓住了小資產階級生活的核心去描寫」。終了，說新寫實主義的不適用。這一節，所含問題異常之多，這裡拋開一切不講，只講一講革命文學的題材和讀者的對象這問題。

文學既是讀物，其必得獲到廣大的讀者才算成功，那是沒有問題的。然而，這完全是技巧上的事，絕對不是作者唯一目的之所在。他說現在的新作品，一般勞苦羣眾讀不懂並且讀不到；誠意地贊成，熱烈地期望革命文學的「不勞苦」的小資產階級知識分子則看了不能不搖頭。這是事實；大家承認的事實，就是革命文學的作者也深深地自感不滿的事實。然而，就此就得放下了勞苦羣眾去「為小資產階級訴苦」了嗎？小資產階級知識分子讀了熱烈

地望期的革命文學而搖頭,就是因為沒為他們自己訴苦而失望的嗎?革命文學是為人家訴苦的嗎?為要小資產階級知識分子不搖頭起見就去為他們訴苦,那時還得為革命文學嗎?我們看了他那些話,真不曉得在他腦中的革命文學是怎樣的一種東西!

革命文學究竟是什麼東西,無產階級文學運動的意義安在,這裡不妨簡單地說一說。

革命文學是能夠發動,推進羣眾的革命行動的文學,是組織羣眾憤懣的情緒使有清明的意識的文學。無產階級文學運動就是站在無產階級的立場上來植立這種文學的一個運動。為什麼要有這個運動的必要呢?社會的上層建築,如文藝之類,其變動常在下層建築之後,而有維護為牠所植基的舊社會存在阻遏新社會建立的作用。新文學的產生,必得在新社會建立了達到相當穩定以後才是可能;然在新舊社會轉變的際候,如果能有一種有意識的運動,把舊文學撕下,使一般人的意識趨向著創造新文學那個方向跑去,那個轉變所需的期間和犧牲,就可減縮了許多。今後的新社會,是從已經踏上了合理的,公正的政治組織如民主政體,法治,普選等的舊社會,再一轉變而跨上合理的,公正的經濟組織的一個新秩序。那是以現存的無產階級為主體的一個轉變。無產階級文學運動,就以上述的兩層意義為意義。而這個意義又建立在下面這一個前提上:人們的進化所以異於宇宙間其他現象的進化,就在人們自己在這進化中能有加以推進的能力。人的智力日增,參贊宇宙進化的能力日大;自然科學後達,已使人們備具了推進物質世界進化的能力,社會科學發達,同樣地使人備具了推進社會轉變的能力。由此,在順序上,舊文學的退敗和新文學的興起雖然要在新社會建立以後,在推進轉變上,卻有這個新文學運動的可能和必要。

因此,革命文學,其意義不在替什麼人「訴苦;」說他因為小資產階級訴苦的文學固是笑話,說她是專為無產階級訴苦的一種文學也是「笑話其鼻涕」。她的題材什麼都可以,祇要作者能把牠處理得是以把一般人的革命情緒組織起來使有清明的意識。可決不要為什麼人訴苦。為人訴苦的文學是人道主義者貓哭老鼠的文學,不是革命文學。革命文學所以要站在無產階級的立場上,絕不是受著老太婆可憐窮人那種慈悲心的驅使,而是因為從歷史的進程上察出今後轉入的新社會必然是以現存(注意,是現存的)的無產階級為主題而組織起來的一個在經濟上很合理很公正的社會。茅盾用「訴苦」,「表

現」等眼光來批評「國內文壇」，實在在「表現」他自己完全沒有理解無產階級文學運動的意義。

最後，讓我談一談讀者的問題。

「中國革命是否竟可拋開小資產階級」，不只如茅盾所說「也還是一個費人研究的問題」，簡直是無疑地要得否定答案的一個問題。「新文學是只有不勞苦的小資產階級和知識分子來閱讀」，也不如他所驚異的那樣為出乎革命文學作者意料之外的「痛心事」。不，我還可以說，這無產階級文學的運動，卻正是以這些知識分子為主要對象的一個運動，雖則也並沒有把「勞苦羣眾」規定在對象之外。這裡所以不可拋開小資產階級，並非決定於「他們確（也）是有痛苦，被壓迫」這一個條件，而是決定於「由他們的經濟背景，他們不是革命的對象，且有加入革命戰線的可能」這一個條件。現在的文學運動，可以說，就是去宣傳他們轉變意識，加入革命的運動。這運動，雖然以他們為對象，但其一定要站在無產階級的立場而不能稍稍移向小資產階級的立場去，是最要緊的一件事。這樣，在技術上，無產階級文學的運動者確有嚴自批評的必要，（據我所知，他們自己正在嚴自批評）。看其是否克盡宣傳的職能。但如果只知道多得讀者，就向著為小資產階級訴苦這一路跑去，做那「迎合人家心理」的勾當，那就離開無產階級文學運動的立場要有十萬八千里了。

據他「……嚴正的說，許多對於目下新作品搖頭的人們實在是誠意地贊成革命文藝的」，那他們的搖頭，可知不是為的不為他們訴苦而是為的技巧太壞了。而我們這位茅盾先生卻在後面說革命文學如要得到讀者就得為小資產階級訴苦，這個，恐怕茅先生贊成革命文學的意思，反沒有「他們」那樣「誠」吧？

茅盾與動搖

克　生

　　讀了《動搖》以後，眞是覺著一把辛酸淚，煞是動人。是呵，這非是茅盾先生言符其實，他的藝術手腕有相當的好處哪：然而頓時我這不長進的卻感到異趣，起了一陣反感，把書本丟將下去。心裏的忍不住的想著：哦！人類到底是怎地動搖嗎？個人忘記了社會，漠視了人羣，自己意識沒落了社會人羣，許是會感到動搖。社會人羣是怎地動搖嗎？恐怕只有背叛了羣的游離份子，心頭沒落了羣，把心離背了社會人羣，把心掛在半空，纔會起了這樣的作用吧。

　　一個幹起種植的農夫，當有種植的技藝；如果沒有種植的技藝，那也不能夠成為一個農夫，文藝也是一樣，假使沒有文藝手腕的人，他也未必便會創造文藝；未必能夠做文藝的作者。文藝作者要有文藝技術，和種田的農夫要有種田的技藝，可以說是同然的。所以沒有種植技術談不到耕種，沒有文藝手腕也不能談上文藝。這個道理，誰也不會否認的吧。誰也知道創造文藝的人，不應當漠視技巧，不應當漠視細膩的描寫……

　　然而在茅盾那幾篇大作上面，人家批判的，無非是說他表現得太沉痛，太頹廢。他卻扳起牠的面孔來，說什麼文藝應當細膩表現。在那篇《從牯嶺到東京》的答辯——其實好像是在教訓，在教訓那些不明白，糊亂，不懂文藝技巧的吧，可是有人說：他是在介紹他的藝術手腕精明，他怕人忽視。然而可以用來答辯嗎？

　　尤奇怪的是他說他自己感到動搖幻滅了，便該怎地寫作。而且同時他的目的是在找多數的讀者。

　　從上面之論調，我們是可以懂得一些：然而，我先要照前面講過的引伸
的說。那就是要種田的人，一定有要種田的好本領，才有好收穫；同樣創造
文藝的人，也要有文藝好手腕才能夠產生善美的文藝。但，總是要把種田的
本領用在種人類需要的五穀之類，或是用於有益於人類生活進化需要的範疇
裏。用到有害人類或某種病態上面是不大對的。文藝也是可以同一論。

　　如果種田的人，他感到只有自己，漠視了羣與社會。說不定他是可以把
種植的本領，去種鴉片。他許可以說：我自己種植的工夫是不錯呵！我是感
到種這種東西，是再好沒有的。我是感到這樣呵！這種話是不是可以說得的？
是不是抹煞人家所欲注意的影響問題。

　　至於為著想要找多數的讀者，便說當把文藝寫去適合讀者某種病態的心
理。我想這種論調，是再滑稽沒有的吧。從來我只聽到應當用美善的藝術，
去調劑畸形的社會人羣的各種病態的心理，用藝術去引導大眾向光明的前路
進發。用偉大藝術去感化大眾，淘滌大眾。我是少聽說藝術是專在為迎合某
小部分的病態嗜好而作──許是他們自己的藝術吧。這個論調，正好像製造
高跟皮鞋的鞋匠說：管它高跟皮鞋是不合生理衛生呢？你看現在的有點錢的
蜜斯們，大多數是穿這個式樣呵！甚且故意扳起他的工夫來說：明明高跟皮
鞋是好看極了，是再好沒有了；你們不得見我製造的精良嗎？坦白說：我是
感到這樣好，這樣是銷路多，我便果決地精工製造的。並不像那一班人明明
看見高跟皮鞋式樣是好了；反而說不好呢？本來他是做高跟皮鞋的人呵！我
們許可不必去管他。然而他卻有些別出的高明，會推知那些高跟皮鞋不好的
人，心裏也是感覺著高跟皮鞋好，反而口非心是呢。他說人家本來感到沉哀
或是幻滅，反而說硬話。就同他們心內在感覺相反的話。也便是這種聰明。

　　實在，這也未免太把自己的感覺，強說是人家的感覺呵！他有沒有絲毫
可以證明人家同他同樣感覺而口非心是的論據呢？這未免「腸人睭，生相通。」
的意識在裏面搗亂吧。

　　在藝術本身上講，從前我們也許知道文藝創作是文藝上面，許是沒有目
的的。然而我們同時也應當不要忽略藝術的創造；雖有人說是沒所謂目的；
但是事實上是不得不同社會發生影響。

　　既是會同社會發生影響，便該受社會時代進化使命的支配，受多數人的
意識的支配。

　　所以不能夠把社會時代歷史進化的使命抹煞。甚且把自我的意識來包括

大眾來唧噥著。說什麼我就是這樣呀。要把自我來排擠社會大眾的意識。

好像種雅片的人，在他的種植上的工夫未曾不好。他自己未曾不爽快。爲所欲爲。可是他把大好的園地，大好的工夫種了雅片，除了同他一樣心理的人；大家可願意嗎？就是他的雅片不流毒麻醉社會，自己吃著；人家也還要去勸阻他呢。

要知道人家不會誤會，或是領略不著先生的技巧細膩，文藝手腕的高妙入微。人家是在談你作品影響社會。是可能灰化青年的心。教他們，混亂了意識。迷失了歷史社會進化路徑。

夠了夠了，不多談了。到這裡的結論便是如此：被壓迫，被摧殘而感到苦痛的朋友們，我們應當起來搗碎消滅麻醉劑似的的文化。要建設我們的新文化。呵……

茅盾三部曲小評

普魯士

——茅盾的三篇小說你看過嗎？

——我看過三本：《追求》，《動搖》，《幻滅》。

——寫得怎麼樣？

——馬馬虎虎，能夠使得讀者看到完，內容豐富，技巧熟練，這兩點夠滿意啦。

——那末算不算好的作品？

——好的作品？很難說，先要看站在什麼觀點來批評。

——革命文學。

——那就算不得一部澈底的革命文學。

——爲什麼？

——因爲茅盾動手寫這三部小說的時候，沒有澈底的認識中國革命。

——請你再詳細說一點理由，怎麼叫不澈底？

——一個澈底的革命文學家，不僅是描寫一個大時代的外形，他應當深入時代的核心，去批評綜錯的外形。這兒就關於作者對革命的認識欠否的問題；茅盾對於中國革命的內涵是沒有清楚的認識，他只就主觀的去批評這個時代的外形，他描寫在這大時代中的革命青年，一個個追求，一個個動搖，一個個幻滅，這固來是時代一部份的現象，但作者沒有把握得澈底革命者的意識，去批評這個現象的由來，所以，他這三部小說給讀者的影響，只是引起對於革命認識不清而消極，而幻滅的青年同調的嘆惜，沒有會給這些青年積極的，更熱情於革命的激發。

——還有呢？

　　——現在我要歸結到作者的思想問題。作者是我過去相熟的朋友，他在一般知識分子中間比較富於革命性的人，在過去的革命過程中，他確曾有過相當的努力，不然，他這三部曲，不會有如此比較豐富的內容。可惜偉大的時代進展的很快，他的思想沒有會隨著時代的飛躍有所轉變。中國 1927 年革命的失敗，是有牠社會歷史的必然性，澈底的革命者，在這失敗的教訓之下，應當更奮發努力他的使命，絕對不會對牠發生動搖，幻滅的消極觀念。作者的三部曲所以不能算好的革命文學作品，是爲作者思想所限定的。

　　——你對於作者的希望呢？

　　——我不想說什麼奢望他的話，借用作者的弟弟在《文學週報》上對他的批評：革命者是不會消極悲觀的。

1929，5，24。

關於《幻滅》

羅　美

——茅盾收到的一封信。

　　今天從友人處借讀了你所作的《幻滅》一書，禁不住立即提起筆來寫給你這第二封信。

　　我現在想就這篇小說寫下我的感想，不知你以爲對不對？

　　（1）論體裁方面，你是很客觀的敘述自武漢以至南昌時期中的某一部分的現象。中間的人物如慧，靜，王女士，李克等等，各人有各自的觀點，而你對於他們不加絲毫主觀的批評，將他們寫下來。

　　（2）題材是寫那一期革命潮流高漲中一部分站在潮流以外而形式上被捲入潮流之中的人（如慧，如靜，兩個主人公）的心理狀態，而尤其是描寫其中一個主要的主人公（靜）的矛盾的心理。這個靜眞是一個 Typical 的小資產階級的女子；她是誠懇的，可愛的，她的眞誠處 Naivety 與經驗豐富的慧適成一個最鮮明的對照；她幾乎被捲入了潮流，尤其是在武漢時期，但是始終是她自己。她爲求眞誠的心的相印而被偵探所欺騙，爲感覺自己的責任和前途的希望而投身入爭鬥的洪流；但是到處所遭逢的祇是「幻滅」。對於當時偉大的過程的實際的意義她是不了解的，也不曾力求了解的，但是生活卻逼著她要她作相當的結論，於是這個理想生活的追求者，就用她自己的尺去衡量一切。而終於給與了一個否定的批評。靜的生活中所最滿足的一段，與強連長的愛情生活，將所有的簾幕揭開，而露出眞眞的內容來：靜所渴慕的，祈求的，得諸旦暮，就是眞心的愛的生活。她自以爲這是最高的滿足，雖然最後還是感覺到幻滅，但似乎這種幻滅的感覺終於被強的留戀一幕所取消了。也許你原意不是如此，但是從文字上看來卻似乎如此。當他們在廬山中蜜月的時候，下面的掀天動地的洪流已經淡了，遠了，渺乎和他們不相干了。當強

隨軍向南出發以後,她與王女士退而藏於社會生活的暗隅,羣眾的時務也已經遠了淡了;革命潮流低降時的小資產階級女子便是如此。

慧另是一樣,而她對於當時的羣眾鬥爭是一個客人,也是一樣。

眞眞為自己的階級作求解放的鬥爭者便不是這樣;他從現實中所得到的更多的閱歷,更少的烏托邦,但不是「幻滅」。如果「幻滅」在靜是新得的教訓,那麼在慧是早已固著而不可變動的「主義」了。《幻滅》的眞眞的主人公要算是慧而不是靜,因為慧的行動是現代感覺幻滅者所必然走入的途徑。在女子,成了慧這樣的生活;在男子,如果他是參加政治的便成了舉目皆是政客,如果他是不參加政治的,便成了往昔所謂「達者」。我們吐棄像靜一樣的Naivety,但亦吐棄像慧一樣的老練。眞眞的老練是認識這一切現實中的眞相而毫無幻想的從這眞相中去找出達到解放的道路。

(3)你自己的經歷,我從這篇小說中已經知道你曾生活過當時所有的許多過程。你並且曾經過廬山。這些生活無疑的使你在技術上成熟;我想得見你在作小說時,筆下已經非常的自由,覺得許多實際的經驗供給你豐富的材料,使你左右逢源。

文學作品的讀者在中國的文化條件下只能是廣大的小資產階級的知識分子羣眾。他們對於目前的生活狀況是決不能滿意的,他們必然要一而再的闖入羣眾鬥爭的隊伍,雖然常常要感到「幻滅」的悲哀。忠實的去反映他們的心理,而指示他們以出路,這絕不僅僅是政治宣傳品的任務。我以前常感覺到單翻譯的無味,現在你果然一變而專注力於創作,這我認為是非常好非常需要的一種改變。

我現在雖然已經完全拋棄了文學,可是對於中國現在出版的小說還是非常愛看;因為我覺得如果單看了報紙上所載的政治消息,而不看各時期中所出版的小說,那麼我還是不能感覺到現在中國演著重大任務的小資產階級智識分子群眾的內心生活的脈搏。因此我不單愛看客觀描寫的小說——因為牠們常常反映較大的Circle——亦愛看主觀描寫,甚至於寫得不十分好的小說及其他作品,因為這至少表現他個人的情緒,而這種個人卻是某一定的Type。

魯迅的《墳》,《彷徨》,等一些作品,我都零碎的看過。還有《烏合叢書》中一二種。我覺得在這一時期中,「彷徨」的心理實是非常普遍的一種心理。其他的Key-not就是智識者物質生活的窮困;這在許多小說中表現得從來沒有的Sharp。對於這些小說,雖然有人嫌其千篇一律,然而我卻從未起過這種嫌

惡，因為在我，千篇一律中既有其特殊處，而同時「千篇一律」的本身又告訴我以此種現象的普遍性。從另一方面說來，立題的較深一層自然是你的《幻滅》，因為她雖然未曾以過去數年間的大潮流之本身為題材，而求取其中做爭鬥之中堅者脈搏；然而已經在一部份參加者身上，超過其浮面的感覺上的生活，而深入其內心的煩惱與苦索。魯迅的《彷徨》中有《傷逝》一篇，其取題則遠不如《幻滅》。因此《傷逝》中主人公及內容成了一些抽象的題目，讀之如讀一任何舊的「別離賦」「悼亡詩」，而不能深感其時代性。大凡失了時代的烙印的文字，往往成為不眞實而虛浮的。「Iliad」詩之至今尚有生氣，中國古《詩經》的流傳不絕，並非因為他們有什麼超時代的美處，正因為他們帶有非常深刻的時代烙印。

不過你名自己的小說曰《幻滅》，篇首更附以《離騷》中「吾將上下而求索」句，則表示你彼時心境實亦有幾分同於你書中的內容；而客觀的描寫，同時隱隱成了你心緒的告白。我想到了這裡你深感當時局勢轉變對於許多人心中所提出問題的嚴重，和你當時所經驗的思想上的苦悶。當然你的問題是比書中主人的問題立得更高一層；慧的主張，靜的心理都成為你的求索中所遇見的標本，而她們的「幻滅」的本身又成為你所痛感的苦悶之因。住在我這裡的人們所見自然不同，而當時身當其境者，其對此環境立時認識立時解決之難，更百倍於遠望全局，且直接（早於在中國之人）聽到較為正確的批評的人。在當時身當其境者，如燕雀處堂，火將及身而猶冥然不覺的人已不知有多少；看見高潮中所流露的敗象，終於目擊大廈之傾，而無術以挽救之者，於是發而為憤慨的呼聲，這就是我所了解於《幻滅》的呼聲。我雖然沒有見過你其他的著作，然而從《幻滅》中卻不能不下如此的結論。不過時代是變得非常之快的。現在我們又應當趕快追蹤目前在羣眾心理生活中所起的巨大的變遷而加以相當的反映了；誰能正確地認識牠，分析牠而指示牠的趨勢來，就是時代的先驅，發聲震蟄的驚雷。你以吾言為然否？

換一句話說，便是我希望你（因為我想你現在還是在做小說）擇取現在中國民眾生活最深處的情緒，來作一部小說。那些浮盪於表面的事實，比如目前上海論壇中五光十色的輿論可以棄置不顧，（這些東西都要將來地心的烈火一掃而盡之的）而要將耳朵貼在地上，靜聽那大地最深的呼吸。這種題材，我相信你也是（或許正在）樂意搜求，而以你現在的技術能力是能夠加以充分的表現的。

　　這封信，我不提旁事，專寫我對於看了《幻滅》以後的感想。以後有一個請求，就是你把你的著作儘可能的都寄來給我看看。我非常的渴想，在兄弟的渴求互相知道過去的內心生活一點上已是急不能待。此間一般的得到小說看，非常之難，而得到你的尤難。《幻滅》還是像海外飛來似的看到了的。並且我在這封信中所發表的意見也許有許多隔膜處，那是因為我關於你的過去生活，《幻滅》是唯一的材料，我看得多些，一定可以更正確些。

《幻滅》的時代描寫

張眠月

　　寒風瑟瑟的一天傍晚，涼意貫澈了我的全身，我獨坐在書房內無聊極了，恰巧一個綠衣人推進門來，遞給我一卷書，我接過來一看，原來是一本《小說月報》。我拆開來無意識地翻到《幻滅》這一篇，並且無意地看了下去。書中的吸引力竟使我一口氣將這刊在這期上面的上半篇看完，同時心中起了一種放心不下的心思同不能滿足的想念，就是不能將下半篇接連看下去。這不能滿足的想念終於滿足了；在下一期《小說月報》寄來的時候，我又將這一期的《幻滅》從新翻開來，將牠從頭至尾看了一遍。擱下了書，垂目回味書中的情味；而一年內我所經歷的往時，電影般一幕一幕地反映到我的腦筋裏來，使我發生了一種形容不出的複雜的情緒——不是悲哀失望等等形容詞所能概括的。我不由得對於《幻滅》的作者起了一片感謝之心；爲的是他把我所欲表現的很精細的強有力地表現了，把我所欲說的話而自己不會說的說出來了。作者對於我有這樣偉大的貢獻和效力，我應當如何地滿足而感謝呀！

　　《幻滅》現在已經印成單行本了，我竟神經病似的撇下去了很多要讀的書籍而將牠拿來又閱讀一遍；因而拉雜地寫下這一篇來，也不能算爲紹介，也不能算作批評，只寫出我個人讀後的感想罷了。同時我要附帶聲明的：關於討論茅盾先生的創作的論文，我知道是很多，但除了他自己載在《小說月報》第十九卷第十號的《從牯嶺到東京》一篇而外，我一概沒有過目；所以我這一篇僅僅是由我個人出發的獨斷的感想。

　　在幾重壓迫下的我們，不是自誇的話，是很富有革命性的；這不是矯作而是由環境自然而然地激發出來的。對於現在的社會制度，我們是感著高度的不滿，我們要在這荊棘縱橫豺狼滿道的堆裏開闢一條出路出來。於是這微

妙地響亮著的「革命」是多麼打動我們的心弦！牠有磁石般的吸引力使我們趨向牠的懷抱。然而結果怎麼樣？牠對於我們貢獻的什麼？我們且看茅盾先生在《從牯嶺到東京》第五節裏面自己所說的話：

> ……在以前，一般人對於革命多少存點幻想，但在那時卻幻滅了；革命未到的時候，是多少渴望，將到的時候是如何的興奮，彷彿明天就是黃金世界，可是明天來了，並且過去了，後天也過去了，大後天也過去了，一切理想中的幸福都成了廢票，而新的痛苦卻一點點加上來了，那時候每個人心裏都不禁嘆一口氣：
>
> 「哦，原來是這麼一回事！」這就來了幻滅。終是普遍的，凡真心熱望著革命的人們都是在那時候有過這樣一度幻滅……

使人失了常態的「革命」終於騙了——這話恐太重了吧——大眾，尤其是這些熱情的富有活動性的青年。我們對於社會作深一層的觀察；除了表面與名詞而外，覺得與從前沒有什麼差異——至少是革命初期的現在的現象。封建思想依舊盤據在人們的心裏如生了根一般，舊的壓迫階級變換了一些冠上美名詞的新壓迫階級，敲搾的手段來得婉轉微妙些，而且增添了不少騷動的麻煩的無謂的怪現象：這就是初革命的過去一年的現狀。這是大家有目共見，我總不致於因為說出來而蒙上一個罪無可逭的反革命的罪名吧！大家現在所餘的只是精神緊張後的疲乏。以這樣的背景和心情作為原動力，於是乎茅盾先生的《幻滅》產生出來了。我們看他自己說的話更可明白了：

> 經驗了動亂中國的最複雜的人生的一幕，終於感得了幻滅的悲哀，人生的矛盾，在消沉的心情下，孤寂的生活中，而尚受生活執著的支配，想要以我生命力的餘燼從別方面在這迷亂灰色的人生內發一星微光，於是我就開始創作了。

（《從牯嶺到東京》第一節）

茅盾先生以很流暢的筆調很自然很忠實地將這個非常的時代描寫出來了。因為作者所處的時代的心情是如此；如此他的創作裏布滿了灰色的情味。《幻滅》的中心意義是「革命前夕的亢昂興奮和革命既到面前時的『幻滅』」（亦見《從牯嶺到東京》）經過了亢昂興奮後的幻滅悲哀是到了極頂了的。這好似一向獨居慣了的寂寥地生活著，雖然感著點凄涼，但猶可過得去；假使經驗了熱烈的甜蜜的戀愛期而發現戀愛的對象是無情的冷血，不能不再度這寂寥的生涯的時候，心靈的創傷一時難以復原一樣的。

　　我之所以嗜讀《幻滅》者，因為對於這「中國的最複雜的人生的一幕」，不但表面上經驗了，或者間接地從朋友處得知牠的消息，我是親切地嘗到牠的骨髓裏的滋味了。我對於革命是抱著很大憧憬的人；很慚愧地革命最重要的黨務和政治的工作我都經歷過，因之親眼看見在上萬的民眾面前聲嘶力竭呼著「革命呀」「實現三民主義呀」的人平常的重要的工作不是在革命而是在逛遊藝場和談戀愛（？）一類的事情。我於是乎覺得不必將有用的光陰和精力同他們無謂地廝混，不顧人們指摘我為意志薄弱而毅然決然重理我的書籍生涯。我如負了傷的野獸的心情回想當時的狂熱自己也覺得好笑。看到《幻滅》第九節的一段：

> 軍樂聲，掌聲，口號聲，傳令聲，步伐聲，錯落地過去一陣又一陣，誓師典禮按順序慢慢地過去。不知從什麼時候下起頭的雨，此時忽然變大了。天上像開了大窟窿，盡情的傾瀉。許多小紙旗都被雨打壞了，只剩得一根光蘆柴桿兒，依舊高舉在人們手中，一動也不動。

　　不覺回復到革命軍初來時的光景：無數的團體齊集江干歡迎，適值大雨如注，情形有如上述，衣服淋濕了幾層。難道都瘋狂了麼？現在追憶起來真是莫明其妙。

　　《幻滅》雖是很忠實的時代描寫，然而牠是不含有多量的客觀性地，用寫實的筆法將整個時代情形顯露給我們看。具體地說：牠沒有將革命運動的混亂和幹革命工作者的腐化詳細地有條理地描寫出來。牠是由該篇的主人公靜女士的遭遇一階段將這種情形約略地烘托出。然而由這一鱗一爪，我們也可以大概地推測全體了。這種暗示時代的敘述以第十節為最多：

> 五個人的口試，消磨了一小時，最後，短小的口試委員站起身來宣布道「各位的事情完了。結果仍在報上發表。」他旋轉腳跟要走，但是四個人攢住了他：
>
> 「什麼時候兒發表？」
>
> 「幹麼工作？」
>
> 「不會分發到省外去罷？」
>
> 「特務員是上尉初級，也沒有經過考試。我們至少是少校罷？」
>
> 問題銜接著擲過來。口試委員似笑非笑的答道：「明天就發表。看明天的報！派什麼工作須待Ｄ主任批示，我們管不著。」

一般想利用機會來逐其昇官發財的志願的人的心理,急忙的醜態,經這段的敘述,畢露出來了。

我們再看這些政治工作人員,自命對於主義獲得整個的觀念,對於革命的理論很了解的政治工作人員,恐怕民眾無知無識而去對他們宣傳,去訓練他們,去開導他們的政治工作人員,背斜皮帶手拿皮鞭的威風凜凜的政治工作人員是怎樣的景況:

> 她看透了她的同班們的全副本領只是熟讀標語和口號;一篇照例的文章,一次街道宣講,都不過湊合現成的標語和口號罷了,她想起外邊人譏諷政治人員為「賣膏藥」,會了十八句的江湖訣,可以做一個走方郎中賣膏藥,能夠顛倒運用現成的標語和口號,便可以當一名政治工作人員。

此外敘述從事民眾運動的人之「不拘小節」和「鬧戀愛尤其是他們辦事以外惟一的要件。常常看見男同事和女職員糾纏,甚至嚜著要親嘴。單身的女子不和人戀愛,幾乎罪同反革命——至少也是封建思想的餘孽」一段,以及往後的什麼辦事處主任什麼祕書等等在慧女士的家裏赴宴的情形,真是一把照妖鏡,將這些妖魔鬼怪的原形照出來了。使我們看出所謂「革命」所謂「主義」都是「牠」們誘人騙人的假面具。使我們滿腔的失望憤恨悲痛憐惜等感情都化作一口冷氣呼出。

作者更明白地借了靜女士的感想來表示他自己的感想:

> 她想起半年來的所見所聞,都表示人生之矛盾,一方面是緊張的革命空氣,一方面卻又有普遍的疲倦和煩悶。各方面的活動都是機械的,幾乎使你疑惑是虛應故事,而聲嘶力竭之態,又隨在暴露,這不是疲倦麼?……某處長某部長廳長某最近都有戀愛的喜劇。他們都是兒女成行,並且職務何等繁劇,尚復有此閒情逸趣,更無怪那班青年了。……這還是舉舉大者的矛盾,若毛舉細故,更不知有多少。劃除封建思想的呼聲喊得震天價響,然而親戚故舊還不是拔茅連茹地登庸了麼?

這雖是靜女士的病時的感想,卻是作者對於時代現實的怨憤。牠概括地給人以當時的印象,這是很重要很有意義的一節,《幻滅》一篇是由這一節演繹出來的。

末了,我由衷心很誠懇地說一句話:已往不究來者可追,盼禱黨國要人,

民眾領袖以及眞革命的袞袞諸公們注意及上述的都是實話，不是誇張其事；
而竭力刷新以求淨化。不然，民眾對於革命……

　　　本來這篇的題目是《幻滅》，我想對於整篇概括地說幾句話。誰
　　知信筆寫來已滿了十二張原稿紙，只述了牠的時代描寫；我於是就
　　此告一段落，改易今名。以後還想草一篇「《幻滅》的人物描寫」，
　　假如有暇的話。

　　　　　　　　　　　　　　一九二八年十一月十九日眠月誌於蕪湖

《動搖》和《追求》

林　樾

　　茅盾的《動搖》和《追求》是有時代性的作品。他對於時代的轉變，和混在這變動中的一般人的生活，是看得很明白的，所以他能夠寫得這樣深切動人。而他的文學的修養，也證實他能夠勝任這種工作。《動搖》一篇描寫革命時期的轉變，和一般從事革命工作的人在轉變期中心理的動搖，地點是在湖北的一個小縣，時間大約在革命軍初到武漢後一直至清黨時止。我讀這篇小說時，覺得其中所寫的情形與我們的故鄉H縣委實太相像了。不特事件是這樣，就是其中幾個人物，如投機主義的胡國光，動搖無定的方羅蘭，和浪漫豪爽的孫舞陽，也可以找幾個很相同的人物出來。不過《動搖》中所寫的，自然較為典型一點罷了。胡國光是全篇一個重要的人物，自罷工風潮至軍隊入城，都可說是他在其中播弄：不然，這場軒然大波，便不至掀得這樣利害的。然而，胡國光卻不是這篇小說的主人翁。以這篇的標題和事件的趨向看來，主人翁似乎應該是方羅蘭，胡國光不過是一個重要的副角罷了。

　　《追求》所描寫的也是現代一般的青年。他們一方面感到理想幻滅的苦悶，一方面仍有奮進的熱望，努力在追求新的憧憬；但結果卻仍然是失敗。這一般青年在今日的中國中，不消說是很多很多的，書中對於人物的心理和個性，都寫得很深刻。我們讀完這篇小說，對於曹志方章秋柳史循王仲昭諸人的印像是總不會磨滅的。如讀了《動搖》再來讀《追求》，則對於他們諸人生活的背景，便可格外的明瞭。說這兩篇小說在青年心理的變動這一點是相聯結的，當然可以，不過《追求》中纏縣哀怨的情調比較濃厚，因此牠也比較更加深切的動人。這兩篇小說的事件，都很複雜，然而結構卻是統一的，全篇的動作都朝著一個方向進行，所以不見得有凌亂錯雜的毛病；這正足以

見作者駕馭材料的手腕。我衹覺得《動搖》的結尾似乎太軟弱，像這樣驚天動地的事件，而收場卻那樣沉寂，誠未免有些浪費讀者的興趣了。至於《追求》中的曹志方最後幾章完全看不見，連名字也不大有人提起，究竟這個雄心最大的青年，結果又怎麼樣呢？讀者到此，也許要發生疑問的。

追求中的章秋柳

辛　夷

一

　　朋友們常常以「好讀書不求甚解」這句話來譏笑我。我自己想起來，讀書不求甚解是有的，加上「好」字，似乎有點慚愧，倒不如叫我「馬浪盪」還著實些。我向來做事情是知其然而不知其所以然的混沌過去；看書呢，每每一眼並排成三行或五行的看下去，像潰兵急於要逃脫火線一樣把全文看完，知道牠內容的大概是怎樣一回事就完了，尤其是看舊小說，如《紅樓夢》，《鏡花緣》，《兒女英雄傳》，《三國志》，……等等的長篇大作，有時一瞬間跳看過幾頁，只要大概記得小說裏的人物和扮演的怎樣一場故事，就算過去了。

　　最近在《小說月報》上，前前後後讀過《幻滅》，《動搖》，《追求》，這幾個中篇小說，不自覺的一種力量命令我的眼睛一行一行的看下去了，覺得有些地方彷彿是自己曾經親歷其境的，至少限度也應該認識其中的幾位。回憶從前看舊小說那麼樣不忠心求了解內容的所以然的原因，無非因為自己不是古代人，對於書中人的喜怒哀樂，沒有深切的同情，不過看看古典故事而已。

　　但在說到《幻滅》，《動搖》，《追求》等三書給我的印象和感想以前，先來講講是怎樣的一些機緣引起我去看這三部書。

　　到學校去上課，有一個坐在我前排的同學，天天是抱了四本《小說月報》來上課的。這四本《小說月報》內就登載得有《追求》。這位同學上課的時候，右手拿著鉛筆注解他的課本，左手呢，仍然在看「追求」，他有一天，很鄭重地把那四本《小說月報》介紹給我和同座的W女士，他那時的語氣頗帶一些驚異，好像沒看過《追求》便等於不知道國民黨有一個孫總理。

這樣便引起了我翻一翻那本《追求》的意思。

同寓的某女士，最喜歡同女友們議論近代著作家的作品，什麼「我看了《自殺》流了許多的同情淚」呀，什麼「《創造》中男主人公的思想有些像當今的名士，什麼「《幻滅》給我的印象太深，」什麼「《動搖》裏的孫舞陽我認識她呀，」等類的話，滔滔不絕的有如宿構；而尤其警策的，是她說：

「我愛曹志方，我也愛章秋柳；我真替章秋柳抱不平。為什麼作者要叫她去戀愛最沒出息，連自殺也會失敗的懷疑派的史循，還要叫她生梅毒呢？好在章秋柳還沒有死，盼望作者把她的梅毒醫治好了，叫她同曹志方結婚，那麼，《追求》就算是「追求」得出路了。」

於是更引起我要讀一讀《追求》的決心。

我細細的讀完了。我居就有了和某女士相同而又不同的意見。我也愛章秋柳，我覺得這位女性在作者的筆下是非常生動，但是我並不替章秋柳抱不平，我尤其不以為章秋柳應該和曹志方結婚。看小說原來是各人有各人的看法；主觀不同，感應亦異。在我看來，章秋柳是《追求》中的主要人物。在全書中她是《追求》得最猛烈，而且終於得了革命的出路的。

就依據了我這個假定，來觀察章秋柳罷。

二

章秋柳在《追求》中間出現的時候，是革命的；我們只要看她在同學會的客廳裏商量組織社時的一番慷慨激昂的話語：

> 我們這一夥人，都是好動不好靜的；然而在這大變動的時代，卻又處於無事可作的地位。並不是找不到事；我們如果不顧廉恥的話，很可以混混。我們也曾想到閉門讀書這句話，然而我們不是超人，我們有熱火似的情感，我們又不能在這火與血的包圍中，在這魑魅魍魎大活動的環境中，定下了心來讀書。我們時時處處看見可羞可鄙的人，時時處處聽得可悲可泣的事，我們的熱血是時時刻刻在沸騰，然而我們無事可作；我們不屑做大人老爺，我們又不會做土匪強盜，在這大變動時代，我們等於零，我們幾乎不能相信尚是活著的人。我們終日無聊，納悶，到這裡同學會來混過半天，到那邊跳舞場去消磨一個黃昏；在極頂苦悶的時候，我們大笑大叫，我們擁抱，我們親嘴。我們含著眼淚，浪漫，頹廢。但是我們何嘗甘

心這樣浪費了我們的一生！我們還是要向前進。這便是我們要組織一個社的背景。(《追求》一)

這一段話是何等激昂慷慨呢！雖然作者對於章秋柳他們的社的性質，並無何等的說明，但是只看章秋柳這一番話，也可以想見他們是想做一些事——一些未必是無聊的事。然而章秋柳的熱望，好像「頂著石臼跳加冠」一樣，終於成爲泡影。同學會的朋友，各有各的偏見，各有各的個性，龍飛和徐子材攻擊曹志方獨裁，曹志方又罵他們不熱心，因此他們就好像一盤散沙，團結不起，想作的事，無從著手。於是我們的章秋柳就感得了幻滅的悲哀了。但章秋柳是好動的人，雖然她期望中的憧憬幻滅了，她不能靜下來咀嚼幻滅的悲哀，她要求刺戟，她只得仍然到跳舞場，進酒樓，在刺戟中感到一點生存的意義。

在這時候，章秋柳很有墮落的可能。她是個年青美貌聰明的女子，又處在紙醉金迷的環境，她如果要存心墮落享樂，她是很可以如願以償的。我想有良心的讀者，在此時，總要爲章秋柳擔憂罷？我們希望她再鼓起精神來追求有意義的生活的憧憬。果然史循的自殺在章秋柳神經上刻劃了一道深痕，當她聽得史循悲痛的說：

自然覺得生命無論如何是可以留戀的。像我，即使不自殺也不會活得長久的人，便覺得生活著只是受苦罷了。我的盲腸炎奪去了我生活中的一切愉快。我至多不過再活一年兩年罷了。對於世事的悲觀，只使我消沉頹唐，不能使我自殺，假使我的身體是健康的，消沉時我還能頹廢，興奮時我願意革命，憤激到不能自遣時，我會做暗殺黨。但是盲腸炎把我的生命力全都剝奪完了。我只是一個活的死人。秋柳，這樣的生活，還值得留戀麼？我也曾這麼想：就多活一二年看看政治上的變化也是好的。可是最近我連這個也看厭了。變來變去只是這幾套老把戲；歷史是循環，循環，循環；老調子是一遍一遍的唱來唱去，眞所謂徒亂人意。(《追求》三)

她突然又興奮起來了。她回到自己寓處獨坐深思時，便受了極端的苦悶的包圍。她自己很明白的知道有兩條路橫在她面前，一條路引她到光明，但是艱苦，有許多荊棘，許多陷坑；另一條路引她到墮落，可是舒服，有物質的享樂，有肉感的歡狂。她委決不下，她覺得兩者都要。理智告訴她取前者的路，而感情則要她取後者。她感受了理智和感情的衝突了。她之不肯即取

前者的路又決不是怕死;「她對於死,的確沒有什麼畏怯,但是要她在未曾嘗遍了生之快樂的時候就死,她是不很願意。」在社的成立既已無望,章秋柳天天在跳舞場尋刺戟的時候,大概她就是在實行著「先嘗遍人間的享樂的果子,然後再幹悲壯熱烈的事」;現在她看見了史循的殷鑑(生理上的不健全形成心理上的悲觀消沉),又恐怕自己待到吃盡了享樂的果子時,也會像史循一樣消失了生命力。因此她感得了自己矛盾的苦悶,作者於此對於章秋柳的心理,有一段很顯明的分析:

> 很失望似的將兩手捧住了頭,她又苦苦的自責了:為什麼如此脆弱,沒有向善的勇氣,也沒有墮落的膽量?為什麼如此自己矛盾?心神與魔性這樣強烈地並存著!是爹娘生就的呢,抑是自己的不好?都不是的麼?只是混亂社會的反映麼?因為現社會是光明和黑暗這兩大勢力的劇烈的鬥爭,所以在她心靈上也反映著這神與魔的衝突麼?因為自己正是所謂小資產階級知識分子,遺傳環境教育形成了她的脆弱,她既沒有勇氣向善也沒有膽量墮落麼?或者是因為未曾受過訓練,所以只成為似堅實脆的生鐵麼?

> 但一轉念,章女士又覺得這種苛刻的自己批評,到底是不能承認的。她有理由自信,她不是一個優柔游移軟弱的人;朋友們都說她的肉體是女性,而性格是男性。在許多事上,她的確也證明了自己是一個無顧忌的敢作敢為的人。她有極強烈的個性,有時且近於利己主義,個人本位主義;大概就是這,使得她自己不很願意刻苦地為別人的幸福而犧牲,雖然明知此即光明大道。但是她又有天生的熱烈的革命情緒,反抗和破壞的色素,很濃厚的充滿在她的血液裏,所以她又終於不甘願寂寞無聊的了此一生。(《追求》三)

或者有人以為這一段心理的分析,正所以表示章秋柳不是革命者,而只是動搖徬徨的小資產階級。我的看法,卻就不同。我以為章秋柳在此苦悶的時候,確曾一時奮發,打算拋棄了她的「喫盡了人間快樂果子」的奢望而即刻去做熱烈的正事。所以她終於收拾了雜念,在一張紙上寫道:

> 以前種種,譬如昨日死;以後種種,請自今日始:刻苦,沉著,精進不休!秋柳,秋柳,不要忘記你已經二十六歲;浪漫的時代已經過去,切實的做人從今開頭。

這是我們所見到的章秋柳第二次不忘做些有益於人的事,——比方說

罷，是革命。雖然她剛寫好這幾句，看見了張曼青，卻又想起從前和曼青的一段交涉，不免又牽動了浪漫的老毛病，可是她的憤慨，他的爆發的熱情，並沒帶什麼小資產階級的傍徨軟弱的氣味；試見她對曼青說：

> 我是時時刻刻在追求著熱烈的痛快的。到跳舞場，到影戲院，到旅館，到酒樓，甚至於想到地獄裏，到血泊中！只有這樣，我纔感到一點生存的意義。但是，曼青，……許多在從前震撼了我的心靈，而現在想來尚有餘味的，一旦眞個再現時，便成了平凡了。我不知道這是我的進步呢，抑是退步。我有時簡直想要踏過了血泊下地獄去！（《追求》三）

這裡章秋柳所謂「許多在從前是震撼了我的心靈而現在回想來尚有餘味的，」便是指的從前和曼青的一幕戀愛劇，但現在「再現時，便成了平凡了。」這「回想來尚有餘味，」而「再現時便成了平凡，」很可以喚醒章秋柳不再去追求「人間的快樂，」所以她接著說「我不知道這是我的進步呢，抑是退步，」又說「我有時簡直想要踏過了血泊下地獄去！」這句話的背後就藏著火山爆發似的熱烈的情緒，她不惜流血，不怕死，她要做「轟轟烈烈的事，」她不肯「就是這樣沒落沒落，終於無挽救」了。

三

以後的章秋柳的思想便只有一天一天的熱烈化了。她要「踏過血泊下地獄裏！」她很討厭那徒知說的話的龍飛，所以當她在法國公園中和王仲昭等談到社的破裂時，她便直斥龍飛，而祖護曹志方；她說：「對於這件事（指立社）我老實有些厭倦了。沒有什麼意思。有時想想很高興，覺得是無可事事中間的一件事，有時便以為此種拖泥帶水的辦法實在太膩煩，不痛快！」那麼，她所謂「痛快的事」是什麼呢？就是她聽了王詩陶說起東方明的死，說起趙赤珠的末路以後，所激起的不可耐的憤激。這在書中也有一段警切的描寫：

> 她回到自己的寓處後，心裏的悒悶略好了幾分，但還是無端的憎恨著什麼，覺得坐立都不安。似乎全世界，甚至全宇宙，都成為她的敵人；先前她憎惡太陽光耀眼，現在薄暗暮色漸漸掩上來，她又感得淒清了，她暴躁地脫下單旗袍，坐在窗口吹著，卻還是渾身熱刺刺的。她在房裏團團的走了一個圈子，眼光閃閃地看著房裏的

什物，覺得都是異樣的可厭，異樣的對她露出嘲笑的神氣。像一隻正待攫噬什麼的怪獸，她縐了眉頭站著，心裏充滿了破壞的念頭，忽然她疾電似的抓住一個茶杯，下死勁摔在樓板上；茶杯碎成三塊，她搶進一步，踹成了細片，又用皮鞋的後跟拚命的研研著。這使心頭略為輕鬆些，像是已經戰勝了仇敵；但煩躁隨即又反攻過來。她慢慢的走到梳洗臺邊，擎起她的卵圓形的銅質肥皂盒來，惘然想：「這如果是一個炸彈，夠多麼好呀！只要輕輕的拋出去，便可以把一切憎恨的，親愛的，無干係的，人，我，物，一齊化作塵埃！」她這麼想著右手托著那把皂盒，左手平舉起來，把腰支一扭，摹仿運動員的擲鐵餅的姿勢：她正要把這想像中的炸彈向不知什麼地方擲出去，猛然一回頭，看見平貼在牆壁的一扇玻璃窗中很分明的映出了自己的可笑的形態，她不由心裏一震，便不知不覺將兩手垂了下去。

　　——吓扮演的什麼醜戲呀！

　　讓手裏的肥皂盒滑落到樓板上，章女士頹然倒在床裏，把兩手掩了面。兩行清淚從她手縫中慢慢的淌下。忽然她一挺身又跳起來，小眼睛裏射出紅光，嘴角邊浮出個冷笑，她恨恨的對自己說：

　　好！你哭了，為了誰，你哭？王詩陶哭她的愛人的慘死，哭她的肚子裏的孩子的將來，甚至哭她自己的一時軟弱，良心上對不住愛人；然而你，章秋柳，你是孤獨的，你是除了自己更無所謂愛，國家，社會。你是永遠自信，永遠不悔恨過去的，你為什麼哭？你應該狂笑，應該奮怒，破壞，復仇，不為任何人復仇。也是為一切人復仇！丟了你的舞扇，去擎手鎗。(《追求》六)

現在，章秋柳的性格的發展，似乎已經成熟了，然而她這「喜歡新奇刺戟」的人，她這對於「生的享樂」具有極度野心的人，總還有若干「未能恝然」的情緒；所以她還想改造懷疑的史循，她對於史循的戀愛，自然只是遊戲；他最初已經這樣想：「這不是自己愛史循，簡直是想玩弄他，至少也是欺騙他；是不是應該的？第一次她回答自己：不應該！但一轉念，又來了個假定；假定自己果然可以填補史循從前的缺憾，假定自己的欺騙行為確可以使史循得到暫時的欣慰，或竟是他的短促殘留生存中莫大的安慰，難道也是不應該的麼？『欺騙是可以的，只要不損害別人！』一個聲音在章女士的心裏堅決的說。她替自己的幻念找得了道德的根據了。」又在她拒絕了曹志方的

求愛後——曹志方的求愛是兩方面的，一方面是求愛，另一方面是要她同去做土匪，那是曹志方所認為痛快的事，——她又有這樣的自省：「想到那嚷嚷然沒遮攔的曹志方的嘴巴以後將怎樣的四處宣揚她的膽怯懦劣，章女士尤不勝其忿恨了：迻根本不是膽怯懦劣的女子，她是全權的自信著。然而剛才的事情卻似乎證明她適是一個好為大言的無聊的人；她忽然跌進了懦怯的陷阱，沒法自拔。這是難堪的，寃屈的，超乎她所能忍的悲痛！而所以會失足至此，無非為了一個完全是好奇的衝動。最近幾天內，她為這衝動所支配，感得很大的興味。她要成就一個奇蹟，要把懷疑派的史循改造過來。三四天前她著手進行，頗感到困難，幻滅太深的史循於時難以復活。但這卻激成了章女士的更大的決心。」

此時的章秋柳似乎已經決心只待「改造史遁」的好奇心滿足後，便要做出一些使曹志方也不得不驚訝的事了：所以她終於很有把握的樣子對自己說：

將來總有一天叫大家知道我章秋柳是怎樣的一個人！

章秋柳的期望是達到了，和史循的戀愛遊戲很快的就實現了；但史遁的改造卻並不見怎樣成功。正在戀愛遊戲實現的一剎那間，史循死了。在愛惜章秋柳的人，以為史循之死，是給她的自然解決；然在章秋柳方面，確沒有替她擔憂的或者吃乾醋的讀者們所想像的那麼一回事。她無所謂失愛的悲哀，她更沒有從此當寡婦的念頭，她只覺得一件事完了，她可以不再浪漫遊戲而應該去幹點正經事了。然而新生一件事使她不放心。那就是史循臨死時對她說的他曾經患過梅毒，叫她注意。這個消息，確使章秋柳受一打擊，她本意以為從此結果了尋求肉感享樂的好奇的浪漫行為，可以全心力去做痛快熱烈的正經事，她卻不料到自己的生命已經在梅毒的恫赫中了。然而這「餘日無多」的悲哀，卻並不使她失望消沉，像史遁那樣；只使他更熱烈罷了！我們看她對王仲昭說的一番話：

最可惡的醫生便是這麼一味的危言聳聽，卻抵死不肯把真相說出來，我不怕知道真相，我決不悲傷我的生命將要完結；即使說我只剩了一天的生命，我也不怕，只要這句話是真實的，如果我知道自己的確只有一天的生命，我便要痛快最有效的用去這最後的一天。如果我知道還有兩天，兩星期，兩個月，甚至兩年，那我就有另外的各種生活方法，另外的用去這些時間的手段。所以我焦急的要知道這問題中的梅毒在我身上的真相。仲昭，也許你聽著覺得好

笑：這幾天我想的很多，已經把我將來的生活步驟列成了許多不同的表格，按照著我是還能活兩天呢，或是兩星期，兩個月，兩年！仲昭，我說是兩年！我永遠不想到十年或是二十年。太多的時間對於我是無用的。假定活到十年二十年，有什麼意思呢？那時，我的身體衰頹了，腦筋滯鈍了，生活祇成了可厭！我不願意在驕傲的青年面前暴露我的衰態。仲昭，你覺得我的話出奇麼？你一定要說章秋柳最近的思想又有了變動了。不錯，在一個月內，我的思想有了轉變。一個月前，我還想到五年六年甚至十年以後的我，還有一般人所謂想好好活下去的正則的思想。但是現在我沒有了。我覺得短時期的熱烈的生活實在比長時間的平凡的生活有意義得多！我也不相信什麼偉大的學者所指示的何者是熱烈的生活，我只照我自己的信念去幹。我有個最強的信念就是要把我的生活在人們的灰色生活上劃一道痕跡。無論做什麼事都好，我的口號是：不要平凡！根據這口號，這幾天內我就制定了長長短短的將來的生活曆。(《追求》八）

能夠有一天的生命，便是做一天的痛快熱烈的正經事：這便是章秋柳最後的決心，她是很愉快地走上她的決心的路，不過《追求》卻在此完了。

四

這便是我所見的《追求》中的章秋柳！我是認定這個人最初是要革命的；她不滿現狀，不甘寂寞，又不願意做拖泥帶水的什麼立社，她的目的是熱烈的痛快的行動。她經過了感情與理智的衝突，經過了浪漫時期。終於拋棄一切，犧牲一切，要去做她所認為合理的事；她不惜一死，她要的「是把生命力聚積在一下的爆發中很不尋常的死」，自然我們也不能誤會她是要學史循那樣的死。

她自然是小資產階級，但沒有小資產階級的怯弱多顧慮的根性；她雖然曾有一時頹廢，但此是她的思想未成熟的過程。她即使不是一個自始就把自己的使命認得很清楚的人，然而的熱烈的要轟轟烈烈幹一番，「為一切人復仇」，終於引導她到了正路。

所以在我看來，《追求》中人物只有她是追求得了什麼的，——換句話，即是有出路的；只有她是在數月中有了思想的變遷，前後迥然不同。在這一

點上，這部小說大概可以說不是始終悲觀消極的罷，然而也只是我的觀察，對不對，還待大家的批評。

附錄　從牯嶺到東京

茅盾

一

有一位英國批評家說過這樣的話：左拉因為要做小說，纔去經驗人生；托爾斯泰則是經驗了人生以後纔來做小說。

這兩位大師的出發點何其不同，然而他們的作品卻同樣的震動了一世了！左拉對於人生的態度至少可說是「冷觀的」和托爾斯泰那樣的熱愛人生，顯然又是正相反；然而他們的作品卻又同樣是現實人生的批評和反映。我愛左拉，我亦愛托爾斯泰：我曾經熱心地——雖然無效地而且很受誤會和反對，鼓吹過左拉的自然主義，可是到我自己來試作小說的時候，我卻更近於托爾斯泰了。自然我不至於狂妄到自擬於托爾斯泰；並且我的生活我的思想，和這位俄國大家也並沒幾分的相像；我的意思只是：「雖然人家認定我是自然主義的信徒，——現在我許久不談自然主義了，也還有那樣的話，——然而實在我未嘗依了自然主義的規律開始我的創作生涯：相反的，我是真實地去生活，經驗了動亂中國的最複雜的人生的一幕，終於感得了幻滅的悲哀，人生的矛盾，在消沉的心情下，孤寂的生活中，而尚受生活執著的支配，想要以我的生命力的餘燼從別方面在這迷亂灰色的人生內發一星微光，於是我就開始創作了。我不是為的要做小說，然後去經驗人生。」

在過去的六七年中，人家看我自然是一個研究文學的人，而且是自然主義的信徒：但是真誠地自白：「我對於文學並不是那樣的忠心不貳。那時候，我的職業使我接近文學，而我的內心的趣味和別的許多朋友——祝福這些朋友的靈魂——則引我接近社會運動。我在兩方面都沒專心；我在那時並沒想起要做小說，更其不曾想到要做文藝批評家。」

二

　　一九二七年夏，在牯嶺養病；同去的本有五六個人，但後來他們都陸續下山，或更向深山探訪名勝去了，只賸我一個病體在牯嶺，每夜受失眠症的攻擊。靜聽山風震撼玻璃窗格格地作響，我捧著發脹的腦袋讀梅德林克（M. Maeterlinck）的論文集「The Buried Temple」，短促的夏夜便總是這般不合眼的過去，白天裏也許翻譯小說，但也時時找尚留在牯嶺或新近來的幾個相識的人談話。其中有一位是「肺病第二期」的雲小姐。「肺病第二期」對於這位雲小姐是很重要的；不是為的「病」確已損害她的健康，而是為的這「病」的黑影的威脅使得雲小姐發生了時而消極時而興奮的動搖的心情。她又談起她自己的生活經驗，這在我聽來，彷彿就是中古的 romance──並不是說牠不好，而是太好。對於這位「多愁多病」的雲小姐──人家這樣稱呼她，──我發生了研究的興味；她說她的生活可以作小說。那當然是，但我不得不聲明，我的已作的三部小說──《幻滅》，《動搖》，《追求》中間，絕對沒有雲小姐在內；或許有像她那樣性格的人，但沒有她本人。因為許多人早在那裡猜度小說中的女子誰是雲小姐，所以我不得不在此作一負責的聲明，然而也是多麼無聊的事！

　　可是，要做一篇小說的意思，是在牯嶺的時候就有了。八月底回到上海，妻又病了，然而我在伴妻的時候，寫好了《幻滅》的前半部。以後，妻的病好了，我獨自住在三層樓，自己禁閉起來，這結果是完成了《幻滅》和其後的兩篇──《動搖》和《追求》，「前後十個月，我沒有出過自家的大門；尤其是寫《幻滅》和《動搖》的時候，來訪的朋友幾乎也沒有；那時除了四五個家裏人，我和世間是完全隔絕的。我是用了『追憶』的氣分去寫《幻滅》和《動搖》，我只注意一點：不把個人的主觀混進去，並且要使《幻滅》和《動搖》中的人物對於革命的感應是合於當時的客觀情形。」

三

　　在寫《幻滅》的時候，已經想到了《動搖》和《追求》的大意有兩個主意在我心頭活動：一是作成二十餘萬字的長篇，二是作成七萬字左右的三個中篇。我那時早已決定要寫現代青年在革命浪潮中所經過的三個時期：（1）革命前夕的亢昂興奮和革命既到面前時的幻滅；（2）革命鬥爭劇烈時的動搖；（3）幻滅動搖後不甘寂寞尚思作最後之追求。如果將這三時期作一篇寫，固

然可以；分爲三篇，也未始不可以。因爲不敢自信我的創作力，終於分作三篇寫了，但尚擬寫第二篇時仍用第一篇的人物，使三篇成爲斷而能續。這企圖在開始寫《動搖》的時候，也就放棄了；因爲《幻滅》後半部的時間正是動搖全部的時間，我不能不另用新人：所以結果只有史俊和李克是《幻滅》中的次要角色而在《動搖》中則居於較重要的地位。

　　如果在最初加以詳細的計劃，使這三篇用同樣的人物，使事實銜接，成爲可離可合的三篇，或者要好些。這結構上的缺點，我是深切地自覺到的。即在一篇之中，我的結構的鬆解也是很顯然，人物的個性是我最用心描寫的：其中幾個特異的女子自然很惹人注意。有人以爲她們都有「模特兒，」是某人某人；又有人以爲像這一類的女子現在是沒有的，不過是作者的想像。我不打算對於這個問題有什麼聲辯，請讀者自己下斷語罷。並且「《幻滅》，《動搖》，《追求》這三篇中的女子雖然很多，我所著力描寫的，卻只有二型；靜女士，方太太，屬於同型，慧女士，孫舞陽，章秋柳，屬於又一的同型，靜女士和方太太自然能得一般人的同情——或許有人要罵她們不澈底，慧女士，孫舞陽和章秋柳，也不是革命的女子，然而也不是淺薄的浪漫的女子。如果讀者並不覺得她們可愛可同情，那便是作者描寫的失敗。」

四

　　《幻滅》在一九二七年九月中旬至十月底寫的，《動搖》是十一月初至十二月初寫的，《追求》在一九二八年的四月至六月間，所以從《幻滅》至《追求》這一段時間正是中國多事之秋，作者當然有許多新感觸，沒有法子不流露出來。我也知道，「如果我嘴上說得勇敢些，像一個慷慨激昂之士，大概我的讚美者還要多些罷；但是我素來不善於痛哭流涕劍拔弩張的那一套志士氣概，並且想到自己只能躲在房裏做文章，已經是可鄙的儒怯，何必再不自慚的偏要嘴硬呢？我就覺得躲在房裏寫在紙面的勇敢話是可笑的。想以此欺世盜名，博人家說一聲「畢竟還是革命的，」我並不反對別人去這麼做，但我自己卻是一百二十分的不願意。所以我只能說老實話：我有點幻滅，我悲觀，我消沉，我都很老實的表現在三篇小說裏。我誠實的自白：《幻滅》和《動搖》中間並沒有我自己的思想，那是客觀的描寫；《追求》中間卻有我最近的——便是作這篇小說的那一段時間——思想和情緒，《追求》的基調是極端的悲觀；書中人物所追求的目的，或大或小，都一樣的不能如願。我甚至於寫一

個懷疑派的自殺——最低限度的追求——也是失敗了的。我承認這極端悲觀的基調是我自己的，雖然書中青年的不滿於現狀，苦悶求出路，是客觀的真實。說這是我的思想落伍了罷，我就不懂為什麼像蒼蠅那樣向窗玻片盲撞便算是不落伍？說我只是消極，不給人家一條出路麼，我也承認的；我就不能自信做了留聲機吆喝著：「這是出路，往這邊來！」是有什麼價值並且良心上自安的。我不能使我的小說中人有一條出路，就因為我既不願意昧著良心說自己以為不然的話，而有不是大天才能夠發見一條自信得過的出路來指引給大家。人家說這是我的思想動搖。我也不願意聲辯。我想來我倒並沒動搖過，我實在是自始就不贊成一年來許多人所呼號吶喊的「出路。」這出路之差不多成為「絕路，」現在不是已經證明得很明白？」

所以《幻滅》等三篇只是時代的描寫，是自己想能夠如何忠實便如何忠實的時代描寫；說牠們是革命小說，那我就覺得很慚愧，因為我不能積極的指引一些什麼——姑且說是出路罷！

因為我的描寫是多注於側面，又因為讀者自己主觀的關係，我就聽得，看見，好幾種不同的意見，其中有我認為不能不略加聲辯者，姑且也寫下來罷。

五

先講《幻滅》 有人說這是描寫戀愛與革命之衝突，又有人說這是寫小資產階級對於革命的動搖。我現在真誠的說：兩者都不是我的本意。我是很老實的，我還有在中學校時做國文的習氣，總是粘住了題目做文章的；題目是《幻滅》，描寫的主要點也就是幻滅。主人公靜女士當然是一個小資產階級的女子，理智上是向光明「要革命的，」但感情上則每遇頓挫便灰心；她的灰心也是不能持久的，消沉之後感到寂寞便又要尋求光明，然後又幻滅，她是不斷的在追求，不斷的在幻滅，她在學校時代熱心社會活動，後來幻滅，則以專心讀書為逋逃藪，然而又不耐寂寞，終於跌入了戀愛，不料戀愛的幻滅更快，於是她逃進了醫院；在醫院中漸漸的將戀愛的幻滅的創傷平復了，她的理智又指引她再去追求，乃要投身革命事業，革命事業不是一方面，靜女士是每處都感受了幻滅；她先想做政治工作，她做成了，但是幻滅；她又幹婦女運動，她又在總工會辦事，一切都幻滅。最後她逃進了後方病院，想做一件「問心無愧」的事，然而實在是逃避，是退休了。然而她也不能退休寂

寞到底，她的追求憧憬的本能再復活時，她又走進了戀愛。而這戀愛的結果又是幻滅——他的戀人強連長終於要去打仗，前途一片灰色。

《幻滅》就是這麼老實寫下來的。我並不想嘲笑小資產階級，也不想以靜女士作爲小資產階級的代表；我只寫一九二七夏秋之交一般人對於革命的幻滅；在以前，一般人對於革命多少存點幻想，但在那時卻幻滅了；革命末到的時候，是多少渴望，將到的時候是如何的興奮，彷彿明天就是黃金世界，可是明天來了，並且過去了，後天也過去了，大後天也過去了，一切理想中的幸福都成了廢票，而新的痛苦卻一點一點加上來了，那時候每個人心理都不禁嘆一口氣：「哦，原來是這麼一回事！」這就來了幻滅。這是普遍的，凡是眞心熱望著革命的人們都曾在那時候有過這樣一度的幻滅；不但是小資產階級，並且也有貧苦的工農，這是幻滅，不是動搖！幻滅以後，也許消極，也許更積極，然而動搖是沒有的，幻滅的人對於當前的騙人的事物是看清了的，他把牠一腳踢開；踢開以後怎樣呢？或者從此不管這些事，或者是另尋一條路來幹。只有向執著於那事物而不能將牠看個澈底的，然後會動搖起來。所以在幻滅中，我只寫《幻滅》；靜女士在革命上也感得了一般人所感得的幻滅，不是動搖！

同樣的，《動搖》所描寫的就是動搖，革命鬥爭劇烈時從事革命工作者的動搖。這篇小說裏沒有主人公，把胡國光當作主人公而以爲這篇小說是對於機會主義的攻擊，在我聽來是極詫異的。我寫這篇小說的時候，自始至終，沒有機會主義這四個字在我腦膜上閃過。《動搖》的時代正表現著中國革命史上最嚴重的一期，革命觀念革命政策之動搖，——由左傾以至發生左稚病，由救濟左稚病以至右傾思想的漸擡頭，終於爲大反動，這動搖，也不是主觀的，而有客觀的背景，我在《動搖》裏只好用了側面的寫法。在對於湖北那時的政治情形不很熟悉的人自然是茫然不知所云的，尤其是假使不明白《動搖》中的小縣城是那一個縣，那就更不會弄得明白。人物自然是虛構，事實也不盡是眞實；可是其中有幾段重要的事實是根據了當時我所得的不能披露的新聞訪稿的。像胡國光那樣的投機分子，當時很多；他們比什麼人都要左些，許多惹人議論的左傾幼稚病就是他們幹的。因爲這也是《動搖》中一現象，所以我描寫了一個胡國光，既沒有專注意他，更沒半分意思想攻擊機會主義，自然不是說機會主義不必攻擊，而是我那時卻只想寫「動搖」，本來可以寫一個比他更大更凶惡的投機派，但小縣城裏只配胡國光那樣的人，然而

即使是那樣小小的，卻也殘忍得可怕：捉得了剪髮女子用鐵絲貫乳遊街然後打死。小說的功效原來在借部分以暗示全體，既不是新聞紙的有聞必錄，也不同於歷史的不能放過巨奸大憝。所以《動搖》內只有一個胡國光；只這一個，我覺得也很夠了。

方羅蘭不是全篇的主人公，然而我當時的用意確要將他作為《動搖》中的一個代表。他和他的太太不同。方太太對於目前的局面的變動不知道怎樣去應付纔好，她迷惑而彷徨了；她又看出這動亂的新局面內包孕著若干矛盾，因而她又微感幻滅而消沉，她完全沒有走進這新局面新時代，她無所謂動搖與否。方羅蘭則相反；他和太太同樣的認不清這時代的性質，然而他現充著黨部裏的要人，他不能不對付著過去，於是他的思想行動就顯得很動搖了。不但在黨務，在民眾運動上，並且在戀愛上，他也是動搖的。現在我們還可以從正面寫描一個人物的政治態度，不必像屠格涅甫那樣要用戀愛來暗示；但描寫《動搖》中的代表的方羅蘭之無往而不動搖，那麼，他和孫舞陽戀愛這一段描寫大概不是閒文了。再如果想到《動搖》所寫的是「動搖」，而方羅蘭是代表，胡國光不過是現象中間一個應有的配角，那麼胡國光之不再見於篇末，大概也是不足為病罷！

我對於《幻滅》和《動搖》的本意只是如此；我是依這意思做去的，並且還時時注意不要離開了題旨，時時顧到要使篇中每一動作都朝著一個方向，都為促成這總目的之有機的結構。如果讀者所得的印象而竟全都不是那麼一回事，那就是作者描寫的失敗了。

六

《追求》剛在發表中，還沒聽得什麼意見。但據看到第一二章的朋友說，是太沉悶。他們都是愛我的，他們都希望我有震攝的一時的傑作出來，他們不大願意我有這纏綿幽怨的調子。我感謝他們的厚愛，而同時我仍舊要固執地說，我自己很愛這一篇，並非愛牠做得好，乃是愛牠表現了我的生活中的一個苦悶的時期。上面已經說過，《追求》的著作時間是在本年四月至六月，差不多三個月；這並不比《動搖》長，然而費時多至二倍，除去因事擱起來的日子，兩個月是十足有的。所以不能進行得快，就因為我那時發生精神上的苦悶，我的思想在片刻之間會有好幾次往復的衝突，我的情緒忽而高亢灼熱，忽而跌下去，冰一般冷。這是因為我在那時會見了幾個舊友，知道了一

些痛心的事——你不爲威武所屈的人也許會因親愛者的乖張使你失望而發狂。這些事將來也許會有人知道的。這使得我的作品有一層極厚的悲觀色彩，並且使我的作品有纏綿幽怨和激昂奮發的調子同時並在。《追求》就是這麼一件狂亂的混合物。我的波浪似的起伏的情緒在筆調中顯現出來，從第一頁以至最末頁。

這也是沒有主人公的。書中的人物是四類：王仲昭是一類，張曼青又一類，史循又一類，章秋柳，曹志方等又爲一類。他們都不甘昏昏沉沉過去，都要追求一些什麼，然而結果都失敗；甚至於史循要自殺也是失敗了的。我很抱歉，我竟做了這樣頹唐的小說。我是越說越不成話了。但是請恕我，我實在排遣不開。我只能讓牠這樣寫下來，作一個紀念，我決計改換一下環境，把我的精神蘇醒過來。

我已經這麼做了，我希望以後能夠振作，不再頹唐；我相信我是一定能的，我看見北歐運命女神中間的一個很莊嚴地在我面前，督促引導我向前！她的永遠奮鬥的精神將我吸引著向前！

七

最後，說一說我對於國內文壇的意見，或者不會引起讀者的討厭罷。

從今年起，煩悶的青年漸多讀文藝作品了；文壇上也起了「革命文藝」的呼聲。革命文藝當然是一個廣泛的名詞，於是有更進一步直捷說出明日的新的文藝應該是無產階級文藝。但什麼是無產階級文藝呢？似乎還不見有極明確的介紹或討論；因爲一則是不便說，二則是難得說。我慚愧得很，不曾仔細閱讀國內的一切新的文藝定期刊，只就朋友們的談話中聽來，好像下列的幾個觀點是提倡革命文藝的朋友們所共通而且說過了的：（1）反對小資產階級的閒暇態度，個人主義；（2）集體主義；（3）反抗的精神；（4）技術上有傾向於新寫實主義的模樣。（雖然尚未見有可說是近於新寫實主義的作品。）

主張是無可非議的，但表現於作品上時，卻亦不免未能適如所期許。就過去半年的所有此方向的作品而言，雖然有一部分人觀迎，但也有更多的人搖頭。爲什麼搖頭？因爲他們是小資產階級麼？如果有人一定要拿這句話來閉塞一切自己的路，那我亦不反對。但假如還覺得這麼辦是類乎掩耳盜鈴的自欺，那麼，虛心的自己批評是必要的，我敢嚴正的說，許多對於目下的「新作品」搖頭的人們，實在是誠意地贊成革命文藝的，他們並沒有你們所想像

的小資產階級的惰性或執拗，他們最初對於那些「新作品」是抱有熱烈的期望的，然而他們終於搖頭，就因爲「新作品」終於自己暴露了不能擺脫「標語口號文學」的拘圇。這裡就來了一個問題：「標語口號文學」——注意，這裡所謂「文學」兩字是廣義的，猶之 socialist literaature 語內之 literature——是否有文藝的價值，我們空口議論，不如引一個外國來爲例。一九一八年至二二年頃，俄國的未來派製造了大批的「標語口號文學，」他們向蘇俄的無產階級說是爲了他們而創造的，然而無產階級不領這個情，農民是更不客氣的不睬他們；反歡迎那在未來派看來是多少有些腐朽氣味的倍特尼和皮爾涅克。不但蘇俄的羣眾，莫斯科的領袖們如布哈林，盧那卻夫斯基，特洛斯基也覺得「標語口號文學」已經使人討厭到不能忍耐了。爲什麼呢？難道未來派的「標語口號文學」還缺少著革命的熱情麼？當然不是的。要點是在人家來看文學的時候所希望的，並非僅僅是「革命情緒」。

我們的「新作品」即使不是有意的走入了「標語口號文學」的絕路，至少也是無意的撞了上去了。有革命熱情而忽略於文藝的本質，或把文藝也視爲宣傳工具——狹義的，——或雖無此忽略與成見缺乏了文藝素養的人們，是會不知不覺走上了這條路的。然而我們的革命文藝批評家似乎始終不曾預防到這一著。因而也就發生了可痛心的現象，被許爲最有革命性的作品卻正是並不反對革命文藝的人們所嘆息搖頭了。「新作品」之最初尚受人注意而其後竟受到搖頭，這是一個解釋，不能專怪別人不革命。這是一個眞實，我們應該有勇氣來承認這眞實，承認這失敗的原因，承認改進的必要！

這都是關於革命文藝本身上的話，其次有一個客觀問題，即今後革命文藝的讀者的對象。或者覺得我這問題太奇怪。但實在這不是奇怪的問題，而是需要用心研究的問題。一種新形式新精神的文藝而如果沒有相對的讀者界，則此文藝非萎枯便只能成爲歷史上的奇蹟，不能成爲推動時代的精神產物。什麼是我們革命的文藝的讀者對象？或許有人要說：被壓迫的勞苦羣眾。是的，我很願意我很希望，被壓迫的勞苦羣眾「能夠」做革命文藝的讀者對象。但是事實上怎樣！請恕我又要說不中聽的話了。事實上是你對勞苦羣眾呼籲說「這是爲你們而作」的作品，勞苦羣眾並不能讀，不但不能讀，即使你朗誦給他們聽，他們還是不了解。他們有他們眞心欣賞的「文藝讀物」，便是灘簧小調花鼓戲等一類你所視爲含有毒質的東西。說是因此須得更努力作些新東西來給他們麼？理由何嘗不正確，但事實總是事實，他們還不能懂得

你的話，你的太歐化或是太文言化的白話。如果先要使他們聽得懂，惟有用方言來做小說，編戲曲，但不幸「方言文學」是極難的工作，目下尚未有人嘗試。所以結果你的「爲勞苦羣眾而作」的新文學是只有「不勞苦」的小資產階級知識分子來閱讀了。你的作品的對象是甲，而接受你的作品的不得不是乙；這便是最可痛心的矛盾現象！也許有人說：「這也好比沒有看好些。」但這樣的自解嘲是不應該有的罷！你所要喚醒而提高他們革命情緒的，明明是甲，而你的爲此目的而作的作品卻又明明不能達到甲的面前，這至少也該是能力的誤費罷？自然我不說竟可不作此類的文學，但我總覺得我們也該有些作品是爲了我們現在事實上的讀者對象而作的。如果說小資產階級都是不革命，所以對他們說話是徒勞，那便是很大的武斷。中國革命是否竟可拋開小資產階級，也還是一個費人研究的問題。我就覺得中國革命的前途還不能全然拋開小資產階級。說這是落伍的思想，我也不願多辯；將來的歷史會有公道的證明。也是基於這一點，我以爲現在的「新作品」在題材方面太不顧到小資產階級了。現在差不多有這樣一種傾向：你做一篇小說爲勞苦羣眾的工農訴苦，那就不問如何大家齊聲稱你是革命的作家，假如你爲小資產階級訴苦，便幾乎非同反革命。這是一種很不合理的事！現在的小資產階級沒有痛苦麼？他們不被壓迫麼？如果他們確是有痛苦，被壓迫，爲什麼革命文藝者要將他們視同化外之民，不屑污你們的神聖的筆尖呢，或者有人要說「革命文藝」也描寫小資產階級青年的各種痛苦；但是我要反問：曾有什麼作品描寫小商人，中小農，破落的書香人家……所受到的痛苦麼？沒有呢，絕對沒有！幾乎全國十分之六，是屬於小資產階級的中國，然而牠的文壇上沒有表現小資產階級的作品，這不能不說是怪現象罷！這彷彿證明了我們的作家一向只忙於追逐世界文藝的新潮，幾乎成爲東施效顰，而對於自己家有什麼主要材料這問題，好像是從未有過一度的考量。

我們應該承認：六七年來的「新文學」運動雖然產生了若干作品，然而並未走進羣眾裏去，還只是青年學生的讀物：因爲「新文藝」沒有廣大的羣眾基礎爲地盤，所以這六七年來不能長成爲推動社會的勢力。現在的「革命文藝」則地盤更小，只成爲一部分青年學生讀物，離羣眾更遠，所以然的緣故，即在新文藝忘記了描寫牠的天然的讀者對象。你所描寫的都和他們（小資產階級）的實際生活相隔太遠，你的用語也不是他們的用語，他們不能懂得你，而你卻怪他們爲什麼專看《施公案》，《雙珠鳳》等等無聊東西，硬說

他們是思想太舊，沒有辦法；你這主觀的錯誤，不也太利害了一點兒麼？如果你能夠走進他們的生活裏，懂得他們的情感思想，將他們的痛苦愉樂用比較不歐化的白話寫出來，那即使你的事實中包孕著絕多的新思想，也許受他們罵，然而他們會喜歡看你，不會像現在那樣掉頭不顧了。所以現在為「新文藝」——或是勇敢點說，「革命文藝」，的前途計，第一要務在使牠從青年學生中間出來走入小資產階級羣眾，在這小資產階級羣眾中植立了腳跟。而要達到此點，應該先把題材轉到小商人，中小農，等等的生活。不要太多的新名詞，不要歐化的句法，不要新思想的說教似的宣傳，只要質樸有力的抓住了小資產階級生活的核心的描寫！

　　說到這裡，就牽連了另一問題，即文藝描寫的技巧這問題。關於此點有人在提倡新寫實主義。曾在廣告上看見《太陽》七月號上有一篇評論《到新寫實主義的路》，但未見全文，所以無從知道究屬什麼主張。我自己有兩年多不曾看西方出版的文藝雜誌，不知道新寫實主義近來有怎樣的發展；只就四五年前所知而言，（曾經《小說月報》上有過一點介紹，大約是一九二四年的海外文壇消息，文題名《俄國的新寫實主義》。）新寫實主義起於實際的逼迫；當時俄國承白黨內亂之後，紙張非常缺乏，定期刊物或報紙的文藝欄都只有極小的地位，又因那時的生活是緊張的疾變的，不宜於弛緩迂迴的調子，那就自然而然產生了一種適合於此種精神律奏和實際困難的文體，那就是把文學作品的章段字句都簡鍊起來，省去不必要的環境描寫和心理描寫，使成為短小精悍，緊張，有刺激性的一種文體，因為用字是愈省愈好，彷彿打電報，所以最初有人戲稱為「電報體」，後來就發展成為新寫實主義。現在我們已有此類作品的譯本，例如塞門諾夫的《飢餓》雖然是轉譯，損失原來神韻不少，然而大概的面目是可以看得出來的。

　　所以新寫實主義不是偶然發生的，也不是因為要對無產階級說法，所以要簡鍊些。然而是文藝技巧上的一種新型，卻是確定了的。我們現在移植過來，怎樣呢？這是個待試驗的問題。但有兩點是可以先來考慮一下的。第一是文字組織問題。照現在的白話文，求簡鍊是很困難的？求簡便入於文言化，這大概是許多人自己經驗過來的事。第二是社會活用語的性質這問題。那就是說我們所要描寫的那個社會階級口頭活用的語言是屬於繁複拖沓的呢，或是屬於簡潔的。我覺得小商人說話是習慣於繁複拖沓的。幾乎可說是小資產階級全屬如此。所以簡鍊了的描寫是否在使他們了解上發生困難，也還是一個疑問。至於緊張的精神律奏，現在又顯然的沒有。

　　最爲一般小資產階級所了解的中國舊有的民間文學，又大都是繁複緩慢的。姑以「說書」爲例。你如果到過「書場」，就知道小資產階級市民所最歡迎的「說書人」是能夠把張飛下馬——比方的說——描寫至一二小時之久的那樣繁重細膩的描寫。

　　所以爲要使我們的新文藝走到小資產階級市民隊伍去，我們的描寫技術不得不有一度改造，而是否即是「向新寫實主義的路，」則尚待多方的試驗。

　　就我自己的意見說：我們文藝的技術似乎至少須先辦到幾個消極的條件，——不要太歐化，不要多用新術語，不要太多了象徵色彩，不要從正面說教似的宣傳新思想。雖然我是這麼相信，但我自己以前的作品卻就全犯了這些毛病，我的作品，不用說只有知識分子來看的。

八

　　已經說得很多，現在來一個短短的結束罷。

　　我相信我們的新文藝需要一個廣大的讀者對象，我們不得不從青年學生推廣到小資產階級市民，我們要聲訴他們的痛苦，我們要激動他們的情熱。

　　爲要使新文藝走進小資產階級市民的隊伍，代替了《施公案》，《雙珠鳳》等，我們的新文藝在技巧方面不能不有一條新路；新寫實主義也好，新什麼也好，最要的是使他們能夠了解不厭倦。

　　悲觀頹喪的色彩應該消滅了，一味的狂喊口號也大可不必再繼續下去了，我們要有蘇生的精神，堅定勇敢的看定了現實，大踏步往前走，然而也不流於魯莽暴躁。

　　我自己是決定要試走這一條路；《追求》中間的悲觀苦悶是被海風吹得乾乾淨淨了，現在是北歐的勇敢的運命女神做我精神上的前導。但我自然也知道自己能力的薄弱。沒有把文壇推進一個新基礎的巨才，我只能依我自己的信念，盡我自己的能力去做，我又只能把我的意見對大家說出來，等候大家的討論，我希望能夠反省的文學上的同道者能夠一同努力這個目標。

一九二八，七，一六，東京

茅盾的《路》

賀玉波

在從前，茅盾是個描寫小資產階級的革命與戀愛的專家，在現在，仍然是個描寫小資產階級的革命與戀愛的專家。不過在《三部曲》裏所表現的革命，是帶著很重的灰色的感傷主義，而在他的新著《路》裏，那種感傷主義是比較淡一點，稍稍滲混著前進與光明的氣分。

在從前，他總是把戀愛表現得那樣幻滅，一羣小資產階級的革命的男女儘量浪漫後所感到的幻滅，在現在，仍然是同樣，不過幻滅的成分比較輕一點。譬如，《路》的主人公薪是那樣地追求女同學杜若，但她是個對戀愛幻滅過的女性，不能完全接受他的愛。所以，在薪方面是要多少感到幻滅的。

對於革命與戀愛同時感到幻滅，是他在《三部曲》裏的所表現的思想，對於戀愛感到幻滅，而對於革命則否，是他在《路》裏所表現的思想。這是很明顯的差別。這差別便足以證明他的頹廢與感傷的情調確已變淡，而思想確已走上了比較積極而正確的路。

現在，我們且進一步來考察《路》的本身吧。故事是在中國現社會裏最普遍的，那就是學生在學校裏鬧風潮。的確，這是個很好的題材，是又平凡而比較有意義的題材，作者能夠把牠抓住而描寫出來，算是很有點見識。簡單地說，故事是這樣的：幾個大學生薪，郁，華，荊等不滿意總務長老荊，鬧過幾次風潮，想把他驅逐；因為當時軍事的恐怖，學校當局的高壓與收賣的政策。他們終竟不能成功；於是，薪因憤而走了革命的路。

主人公薪的思想的變遷，也可說是作者全力所描寫的。這使得薪常懷憤憤。漸從懷疑主義走到了虛無主義的他，便時時幻想著假使的炳當真是共產黨而且手上染過讎人的鮮血，那就一死也不枉。有時他的幻想更進一步，想

到暑假後自己毫無出路的時候將忍受富有者之輕蔑侮辱，他便覺得做了共產黨也好，——盡殺己所鄙視者而後死，多麼痛快！」（一一四頁）

他是時時變更著他的思想，由懷疑主義而虛無主義，時而又回復到懷疑主義，是那樣地沒有定見。所以，當他被杜若批評時，這樣說道：

> 自負麼？從前的我，也許是。現在我假使還能夠自負，或者倒還好些。可惜現在我已經喪失了這一個本性。我現在是，自己到底是什麼，也在一天一天的懷疑；什麼善，什麼惡，我也在懷疑。所以你說善善而不能行，我不承認。（一〇頁）

他的思想經過多次返復的變遷，屢次鬧風潮的失敗，以及愛人杜若的鼓勵，畢竟找到了一條他所要走的路。他在致他雙親的信裏有這樣的話：「死生窮達，在人自爲。時代給我走的，是一條狹路，不是前進，便是被人踏死。給人墊在腳下做他爬上去的梯子，我不肯。只有向前進。前進還有活路。」

作者領導一個思想不定愛鬧風潮的學生走上革命的路，在思想表現方面，算是他的新嘗試。這篇作品，和他的《三人行》，同樣是比較《三部曲》描寫得更其有意義些。那是因爲他新近的作品，在思想上有了進步的緣故。他不僅僅指示窮學生一條康莊的大路，而且暗示著革命的鬥爭不限於學校，要擴展到社會上去。只有到社會上去實際鬥爭纔能獲到相當的效果，這是革命的學生應有的認識。老是死守在窄狹的學校範圍裏做宣傳運動，只知道改造學校的腐敗，而不注意社會的腐敗，鬥爭的效果簡直等於零。他在《路》裏的見地是要深遠一點的。

關於技巧，我們也要多少論及。他的作品向來是抹著濃厚的時代性的，而這篇當然也不是例外。一九三〇年長江上游曾經起過重大的軍事變動，長沙，武漢等大都市一時陷於混亂恐怖的現象。而在這種環境中的青年學生受著最大的危險與困難，而找不出一條應走的路。這就是恐怖時期混亂的情狀，他是很適合地表現出來了。再者，以戀愛做陪襯的描寫，也是他的慣技，而在這篇也能找得到。這兩點他舊有的技巧。

至於新的技巧在這篇也同時使用著。那就是他所描寫的人物由少數主人公而移到了羣眾。他不僅僅描寫薪的心理和動作，而且進一步描寫郁，炳，華，杜若，江蓉等以及學生羣眾的心理和動作。我們可以說主人公不僅僅是薪，而是他們一羣。這是他在技巧上的新嘗試。再者，在前面已經說過，他已經漸漸淘汰頹廢與感傷的情調，而悲哀與幻滅的氣分也已變淡。這是他另一種的革新。總之，在技巧上說，我們還感到相當的滿意。

　　還有一點也可以附帶地說及：那就是《路》的人物有些和《三部曲》的相彷彿。杜若那種浪漫，老練，而對於戀愛有點幻滅的女性，是和章秋柳差不多的。對於事事懷疑的薪也是和史循相差不遠的。不過前者具有進取之心，而後者只是一味頹廢罷了。原來具同一典型的人物在一個作家的作品裏是很多的，這算是普遍的情形吧。

路

錄自《現代》一卷四期

　　《路》是一部寫青年學生——薪——在和兩個女同學——蓉和杜若——的關係以及學校風潮中得到教訓而找著一條出路這過程的中篇。主人公是一個舊家子弟，貧寒而高傲；同時他卻是個美男子，並且因此而贏得了驕矜而老練的富豪女蓉的青睞。但薪在另一方面卻熱戀著杜若。他自己很明瞭對蓉的關係完全是在從解決生活出發的下意識心理的支配下：他為這種自覺而苦悶。在學校風潮中，他又目睹著一部分同學被學校當局所收買而竭全力來破壞的醜態。最後，他的人生態度便從懷疑一變而為積極：他放棄了自己所不可能完成的家庭義務，而成為瘋狂的革命者了。

　　縱然祇是一個中篇，《路》卻有比較廣闊的鋪張。裏面所敘述到人物，男女共有十九人之多；而在故事裏佔著相當重要的地位的，至少也有十人以上。但《路》決不是一篇沒有重心描寫的作品，像作者以前所寫的《追求》等篇那樣，《路》是有極綿密的結構：他寫主人公以外的人物，可是依舊處處都照顧到主人公本人。這是極難得的手法：《路》算是嘗試了這種手法而得到可觀的成功的。

　　在文體上，《路》也有極大的進展；作者似乎是可以從此和俗流的寫法永訣了。《路》裏面不復有寫男女關係而至於電影化（肉麻）的地方，對話裏夾著無數論理和抒情的成份的地方，以及主觀的內心描寫，現成的風景敘述，呆板的每個人物的臉譜……等等。從《路》開始，作者將更向自然主義走近了一步。

　　有人說，《路》裏面所寫的學潮是沒有來歷的，不是一九三〇年的學生運動的真相。這話似乎是怪作者沒有把這次學潮的背景寫出來，太忽略了政治

在學潮上的作用。我們覺得，這種非難是可以不必的：黨派的作用已經有很多的暗示了，祇差一個沒有明白地說明；而在今日，恰巧又是沒有明白說明的可能的。

還有人以爲《路》所指明的出路，依舊是虛無主義的出路，工人綏惠略夫式的出路：那主人公的以後還是不能穩定的。這話我們也覺得很難說。總之，能從難解難分的個人生活糾葛中一腳就跨到十分正確的意識和行動上去的人，在這個世界上是不存在的。我們不能要求任何作者寫一個非現實的人物。作者能夠寫出了某一種現實的人物的某一段變化的來蹤去路，那麼作者的責任便算完結，作者不能擔保他所寫的人物是否「正確」，更不能擔保這人物以後會不會再變到什麼路上去。要擔保，除非叫作者把他的人物每一個都寫了死爲止。然而世界上那有這種呆板的創作規律？

我們向作者要求的祇是眞實，不是「絕對的」正確；「絕對的」正確是不存在，而也就是不眞實。

當然，正因爲作者自己在「校後記」裏所說，「精神時間兩不許可」而沒有修改一遍的原故，《路》是帶著不少的小毛病而出版了，假使沒有這種毛病，《路》是很可能成爲一部完美的作物的。

這些小毛病中之大者，便是把女主人公杜若寫得太模糊。也許是作者在那裡賣關子，然而太賣關子了，就是較明眼的讀者也很難想像究竟是怎麼一回事。薪對於「杜若的過去生活的輪廓」祇得到了一個「假想」（見原書一六八頁），而讀者所得到的也未必能夠比這「假想」更多一點。即使讀者能把在全篇裏散佈著許多伏筆都看得清清楚楚，結果對於杜若還祇是一個不了解；馬馬虎虎的讀者是更不必說。和杜若的過去生活必然地連帶著的畫家 C.M.Kin 始終是一個謎，而作者也始終沒有把這個謎道破。是故意不道破呢，還是作者以爲道破了而讀者自己看不出——這倒是一個疑問。C.M.Kin 也許和總務長荊有關連，然而也不像。這一點最好請作者自己來解釋一下；讀完一篇作品而留下一個老大的疑問實在是最難受的事情呀！

對於主人公以外的人物，如富家女蓉，作爲風潮對象的總務長荊，出賣同學的學生郁和華都寫得好，革命者的雷也寫得不錯，雖然這種做排面的人物是最容易寫的——祇要一個固定典型，幾句「上意識」的話，不動又不變，就完事；因爲不動又不變，便無所用其意識不正確。每一篇作品裏要放進這麼一個人物去，已經非現在的創作公式，正如一座廟裏必需有個菩薩一樣。

然而塑一尊菩薩畢竟要比塑五百尊形形式式的羅漢容易得多。至於《路》裏面的雷倒安插得很自然，而且必要。沒有他，《路》裏面的主人公便無從走上那條路去。

因做了風潮首領而被捕的炳卻寫得很簡單，而這個人物卻是應該相當著重寫的，在《路》的前半部中，這是一個人物描寫上的缺憾，因為沒有寫得週到，至於後半部的熊和雲龍（都是學潮裏的主要人物）卻更是隨意配置的；熊的右傾和雲龍的左傾都不能從他們的生活，他們的個性，或他們的背景上推究出一個所以然來。這些地方似乎都嫌草率一點。

然而總括說，縱然有一些小毛病，《路》還不失為一部進步的作品，在作者個人，也在整個的國內文壇。

讀《三人行》

蘇　汶

　　時常從文藝創作底技術方面想起了人物底典型這問題，我固執地感覺到，大多數夠得上說到成功的作品，是往往把人物底描畫融化在整個故事裏，融化在這故事四周圍的每一件瑣碎的敘述裏。作者創造著活的人格，然而在他下筆的時候卻似乎並沒有把這任務嚴重地擔任起來。我意思是這樣：他不會叫他底腳色來作一次關於自己底人生觀的自白，也不會叫旁的人來作一次關於這腳色底人生觀的分析；譬如說，「我是一個悲觀的人」，或是「他是定命論者」。他更不會到沒有辦法的時候請當事人底日記或是書信出來幫忙。「我發現自己底思想是改變了，我……」諸如此類，雖然話也許說得漂亮一點。文藝底效果是在暗示，不是在老老實實的表白。

　　我不過是時常這樣想。我沒有敢大膽地擔保說所有成功的作品都是如此，或應當如此。我衹是依據了至今還留在自己記憶裏的幾部技術較進步的作品來說一些所想的話而已。

　　在沒有讀茅盾底新著《三人行》以前，我就聽到一位朋友說起這是一部描寫典型的作品。三個典型。一個是吉訶德先生，一個是虛無主義者，而第三個，我底朋友卻似乎並沒有說清楚是怎樣的人物。過去讀茅盾底小說的經驗使我在當時就形成了對於《三人行》的一些自然是模糊的概念：我就又連帶地想起常想的話來，如前面所寫的，縱然這種「讀前感」，在自己看來也是十分危險而且可笑的。

　　終於費了兩個半天的勁把《三人行》連著細讀了兩遍。十分慚愧著自己底短視，因為我在讀第一遍的時候竟沒有把許多重要的關鍵看清楚。然而，也許是作者寫得太模糊，而需要讀第二篇才明白的讀者亦不衹是我一個：總之，我是不得不這樣安慰自己。

「讀後感」和「讀前感」不幸竟沒有遠的距離。對話時常是論文，是演說，或甚至是詩。而且替每一椿事情都給配上一個關於所謂思想這一類東西的特寫的那種努力，是一步也沒有放鬆過的。我敢說作者並不是祇能用這種手法來寫，例如包含在《宿莽》裏的一部分短篇便絕對不如此，尤其是那一篇以氣魄底雄偉突過作者自己底一切作品的《大澤鄉》。就是性質與《三人行》相類似的《三部曲》等作也要不同得多。

可是也許茅盾之所以會受一般青年底歡迎者正在此；假使竟是，那麼我要把一切都歸罪於可憐的讀者了。

有人會怪我算是在寫著一篇批評文字而祇從這些小地方著眼。「技術不是一切；我們要看效果，整個的效果，」他會說。

其實，批評這個大帽子我是當不起，但再從內容上給《三人行》一個相當的檢討卻也樂於嘗試。

三個人：許，雲，惠，都沒有完全的名字。

許，「一個中國式的吉訶德」（頁七五），是以戀愛失敗始，以被殺終；他底故事佔據了全書底一半（從第一章到第九章。從第一章到第五章是灑滿了「頹喪」，「眼淚」，「命運」，「孤獨」，「不一定」，「不可知」這些字樣；「把一切都交付給忍耐和期待這兩個可靠的顧問罷」（頁二六），他是這樣想的。我最初竟以為許便是那個在我底腦筋裏早就寫了預約券的虛無主義者，萬想不到在第六章上他是開始「變」了，「變」而為吉訶德。於是，救秋菊那個婢女，失敗（第八章）；救王招弟那個女學生，這位現代的俠客便送去性命（第九章）。這樣地結束了一個人。

我記得吉訶德是那種根據著極堅決的信仰而自始至終盲幹的人底代表。一個永不會懷疑的強者，而許在最先幾章裏卻正是一個什麼都懷疑的弱者：這個兩極端的「變」，決不是單單死了一個母親這件事所可以說得明白的。也許作者以為「關鍵中的關鍵」（頁四十三）是在馨那個女子身上，可是馨和許底關係底破壞是在原書開始幾頁上就點明了，許在那時候所構成的人生觀是「把一切都交給忍耐和期待」。寫轉變大概是現在的時髦，可是一切轉變的得有個根；假使也學點時髦，那我可以說，總得有個潛伏的矛盾。許底轉變我們卻沒有地方可以找著這個根。

第二個雲也變，不過他底變沒有許那麼顯然，那麼極端。起初認為「生活問題比什麼都重要些」（頁七）；後來，當然，也是在受了某種刺激之後，他是一個冷靜的革命者。

縱然雲底成為革命者，原書裏並沒有明顯地說。可是照經驗，凡是一篇小說寫到模模糊糊地方，總不是性慾便是革命。捻熄了電燈後的密點是表示性交；主人公看看錶，說「四點鐘還有事情」，而不把這事情說出來，那便多份是要去參加一個什麼祕密集會。沒有錯。而這一次我也是這樣地猜到雲在「大都市裏混」（頁一一一）些什麼的。

雲沒有像其他二人那樣地遭到悲劇的結局。「三人行，必有我師焉。」也許作者所認為應得「師」法的便是他。可是雲在全書中祇時時處了一個陪襯的地位，（也許反過來，寫旁人也正是寫雲，那我可不知道，）祇有在從第十到第十二這二章之內被正面地寫著，第十三章底中心描實際上是已經移轉到了惠身上去。

作者儘量使這位革命者平凡化。惟其平凡，作者沒有在他身上有許多的話說；我也一樣。簡單說，平凡是一切。

惠那個虛無主義者做了後半部底主人。他似乎沒有變，在第七章我們就看到他縱然相信著「至善至美世界的奇蹟」，而「在矛盾混亂中所產生的向前進展，他就不能了解，而且反感到醜惡」（頁五一）。冷笑的態度是從頭起保持到底的。在他們「領教」——他說：「我總算是領教過了！」（頁一〇七）——過所謂「這件事」（頁一一〇）之後，惠是感到「火太熱，血太腥」（同上）了。在這兒，作者才真正地抓到了一個典型。他底反抗性不允許他和舊社會妥協，而一方面新的使命卻「誰也不能被委託去執行」（頁一〇八）。這種痛苦是普遍的。惠便是在這苦痛的矛盾下發了狂。

作者借用馨底一段故事來磨尖了惠底矛盾，使讀者感到他底發狂不但沒有像許底故事那樣地牽強，而且是極自然的。這是巧妙的手法。惠有意無意地用他底悲觀哲學來教馨墮落；但到她真個受著他底影響而墮落了之後，他底反抗的血卻又重新燃燒；終於，以馨為化身的悲觀的惠和再生了反抗的惠底衝突是找不到第二條生路了。

假使這一段故事被寫成一個獨立的短篇，我想結果是定要比目前這部《三人行》好得多；就是放在《三人行》裏面看，惠底寫照也不失為全書最精釆的一段。祇是寫得太模糊了一點，正如前面所說，要人看兩遍；可是這個，我們不能完全怪作者。

在像醫生似地輪流檢驗了《三人行》中三個人之後，似乎該來說幾句總結似的話。

處處是由雲來和許和惠兩人對照，以說明雲底思想和行動是正確：關於
這個要涉及到作者底命意這一類問題上去的話，我自覺不配來多說。若是祇
視爲一部文藝作品，這三個人似乎還缺少點連環性。既成爲長篇，我是不得
不替那精采的幾章可惜。寫做幾個短篇不是更好嗎？而且作者所打算要造成
的那種效果也未必會因寫成短篇而會有所損失。

轉輾地聽到說作者自己也承認這是一部失敗的作品。也許作者所自以爲
失敗的並不是在如上所說的那幾點；我終於寫成了這麼一篇簡短的感想。

是感想，我還要重說一遍，說不上批評。

談談《三人行》

易　嘉

　　當我們讀完這篇小說的時候，我們最初的感覺就是：這篇東西不一口氣寫的，而是斷斷續續的湊合起來的。因此，在全部的結構方面，我們不願意再來詳細的批評。例如，這篇小說的開始也許離著滿洲事變很遠呢，而最後方才很偶然的用滿洲事變來點綴一下。照出版的年月推算起來，寫這幾段「點綴」的時候，最近也總在一九三一年的十月間。而小說結束得這樣匆促，簡直沒有發展對於新起來的反帝國主義高潮的描寫的可能。一切都是局促的，一切都帶著散漫的痕跡。

　　《三人行》的題材本來是舊社會的渣滓，而不是革命的主動部隊。這並不要緊。革命的部隊也需要看一看敵人勢力的外圍是些什麼樣的傢伙，是個什麼樣的形勢。問題是在於《三人行》的立場是否是革命的立場。

　　不錯。《三人行》裏一個姓柯的說：

> 從前的痛苦是被壓迫被榨取的痛苦，現在的，卻是英勇的鬥爭，是產生新社會所不可避免的痛苦的一階段……你以為新社會是從天上掉下來，是一個翻掌之間就……劃分為截然一個天堂一個地獄麼？

　　這是《三人行》作者的立場，作者是從這個立場上企圖去批判他所描寫的三個人。這是革命的立場，但是，這僅僅是政治上的立場。這固然和作者以前的《三部曲》（《幻滅》，《動搖》，《追求》）的立場不同了，──所以說《三人行》是《三部曲》的繼續或者延長──是不確的。然而僅僅有革命的政治立場是不夠的，我們要看這種立場在藝術上的表現是怎樣？

　　《三人行》之中的三個人是誰呢？一個是貴族子弟的中世紀式的俠義主

義（姓許的），一個是沒落的中國式的資產階級的虛無主義（叫惠的青年和馨女士），一個是農民小資產階級的市儈主義（叫雲的青年）。作者要寫他們的破產和沒有出路，寫農民的子弟怎麼樣轉變到革命營壘裏去。姑且不論作者的寫法，——是脫離著現實的事變，並且沒有構造一種假定的事變來代表社會的現實，而只是為著這三個人物描寫一些布景，這本來是機械主義的公式的寫法，而且是沒有中心的，沒有骨幹的。這姑且不去說牠。

只說作者所要寫的「三個人」罷。

第一個「人」是俠義主義。這裡的姓許的算是要「為著正義而鬥爭」，他用他個人的力量去救幾個苦人，他還想暗殺擺煙燈放印子錢的陸麻子。作者把他的無聊，可笑，討厭，他那種崩潰的書香人家的頹傷精神，卻還寫得露骨，相當的透澈。這種英雄好漢的俠義主義，在現在的中國的確有些妨礙著羣眾的階級的動員和鬥爭，在羣眾之中散佈一些等待主義——等待英雄好漢，這是應當暴露的。

可是，第一，這種俠義主義，並沒有發生在現實的崩潰的中國貴族子弟之中，而在於平民小資產階級的浪漫青年，尤其是在失業破產的流氓無產階級，各種各式的祕密結社，——畸形的俠義主義表現在現實的所謂下流人的幫口裏面。而中國的貴族並沒有懺悔，並沒有幹什麼俠義的行動，（勉強的說起來，除非是五四時期的「往民間去運動，」那可是和九一八事變隔著兩重高山呢。）中國的貴族子弟至多只會夢想要做諸葛亮和岳飛，想把騷動起來的民眾重新用什麼精忠賢能的名義壓下去。第二，因此，作者描寫的姓許的截然分做兩段：一段是頹廢而無聊的討厭傢伙，一段是幹起俠義行為來的傻瓜，這兩段中間差不多看不出什麼轉變的過程。即使有，也是勉強的。中國的書香貴族的子弟本來就只會頹傷，不會俠義。勉強要他俠義，他也就決不肯會暗殺皇帝和總長（像民意黨那樣），而只會想去暗殺什麼燕子窠的老闆。多麼可憐！《三人行》之中的姓許的可憐，而《三人行》的作者，在這方面也是部份的失敗了。

第二個「人」是虛無主義。中國式的資產階級，所謂商人，當然不是現代式的上海工廠和公司的老闆，而是莫名其妙的「商界」：也許是錢莊當鋪老闆，也許是做南貨業洋廣雜貨業的，也許是什麼小作坊的店東……他們之中大部分是在沒落的過程之中，他們願意人家用「小」字稱呼他們，這是「小」老婆的「小」字，也就是「小」資產階級的「小」字。這種商界子弟，看看

生意經輪不著他們這一輩人做了，世界上的一切都黯淡下來……自己的力量是異常的小（這可是真正的「小」了），而又要在「夾攻中奮鬥」！所以由他們看來，兩邊都不好：

「一切都破棄了罷，一切的存在都不是真的，一切好名詞都只是騙人」。……「一切都應當改造，但是誰也不能被委託去執行。」

這就是惠的虛無主義。對於他，舊社會是應當改造，而革命又太醜惡。那種笑罵一切的態度，可以用來「安慰」一下羣眾，也正可以堵住革命的出路，因為革命也「只是騙人」罷了。資產階級的某些階層因此拚命的發展著這種虛無主義，企圖籠絡住羣眾。（誰大致看過民國元二年直到現在的禮拜六派李涵秋之流的小說，他就可以知道。）這種虛無主義是用打破一切信仰的「高超」態度來鞏固對於現在制度的信仰。這的確是值得嚴重注意的，值得用力來打擊的。

可是，《三人行》之中對於虛無主義的攻擊太沒有力量了，彷彿是打人家一個巴掌，反而把自己的手心打痛了似的。第一作者描寫惠和馨，寫得叫人憐惜起來，這是最粗淺的讀者也覺得到的，而讀者之中的大多數正是這種粗淺的看法。惠在小說裏面差不多沒有行動，只有言論。因為他不行動的緣故，所以他沒有受著什麼「現實」的緊箍咒（看原書一一五頁）。於是他的言論越發顯得「持之有故言之成理」了。——例如他「對於一切都搖頭：什麼訴之公理，靜侯國聯解決，經濟絕交，對日宣戰，以至載貨汽車中拿著青龍刀丈八蛇矛的國貨武士的國術」。作者對於這種虛無主義的半面真理，只藉著雲的議論來反駁他，可是，你駁儘管駁，而讀者覺得惠的主張還是有點道理，因為他的「夾攻之中」的階級立場並沒有顯露得充分。第二，惠的虛無主義因此就沒有轉變的必要。作者寫著他稍稍修改了自己的「政綱」：說可以委託去改造社會的人「雖然一定要產生，但現今卻尚未出現」。這樣一個「稍稍的」轉變，已經是等於不轉變的了，而這篇小說之中的一切卻連這個「稍稍轉變」的原因都沒有解釋。惠後來發狂了，但是為什麼發狂？在小說裏所寫的一切，並沒有使他發狂力量。總之，這個從虛無主義走到「光明在我們前面」的過程是找不著的。

因此，我們可以說《三人行》的暴露虛無主義的鬥爭是失敗了。

第三個「人」是市儈主義。這在作者甚至於自己都沒有覺察的。「三個人」之中的一個，雲，就是市儈主義的代表。雲是很切實的實際主義的人，他反

對一切大道理，他主張「生活問題比什麼都重要些」。這是市儈對於人生的態度，堅定的打破了一切信仰的利己主義，不要多管閒事，不要多講道理，要好好的勤懇的忍耐的下一番苦功，往上爬，總有一天出頭的日子。這種所謂勤懇是不反抗的意義，所謂忍耐是順從卑鄙齷齪的「社會律」的意義。這其實就是虛無主義的背面，這正是資產階級的意識領導小資產階級的表演。虛無主義的目的本來就是要羣眾拋棄研究大道理的「妄想」，而各自去管自己的個人生活問題。這是市儈主義。雲的家庭是該著五十畝田的農民，有時候還能夠雇用幾個短工，即使不是富農，至少也是接近富農的中農。但是，我們就假定是這樣罷：這是農民小資產階級。這是窮苦的，可是還能夠過得去的小百姓。他們不在「夾攻」之中，因爲革命對於他們只會有益處，結算起來總是有益處的，不會有什麼大了不得的害處的。可是，那種小資產階級的生活，尤其是小私有者和小生產者的生活，使他的眼界特別的狹小，他的志向特別微小，他的鄉下人自以爲是的自信力特別堅強，又在資產階級的意識的籠罩之下，於是乎成爲標本的不革命主義，——正是不革命，而不是反革命。這種小資產階級的階層正在迅速的轉變，而且不止一次，他可以轉變過來又轉變過去。反映這種轉變，在土地革命的偉大的怒潮之中，的確是普洛文學的一種重要任務。這就要同時極有力量的揭發市儈主義。

然而《三人行》的作者卻根本沒有提出這個任務。第一，《三人行》的頭幾段簡直是用雲做正面的主人公，他的果斷的堅決的口吻，勸告許的一些市儈主義的議論，差不多是句句要讀者佩服他。直到他轉變之後，他還是替市儈主義辯護，他說：「世界上有一種人，儘管愚蒙，儘管頑固，可是當『現實』的緊箍咒套上了他的頭顱以後，他會變好，例如我的父親。」《三人行》的全篇對於「愚蒙頑固」的市儈主義並不加以鞭笞的，而只不過認爲是很可以變好的材料罷了。第二，就是這種變好的過程也是沒有的。固然，雲家裏的田地被紳士搶去了，因此雲要革命了。然而，在這件事以前的雲是一個標本的市儈主義，一個絕對安分守己的好學生。他的革命性是突然出現的。關於他以前就模糊的認識社會改造的必要，只有後來的一句描寫的句子，而在他以前的行動和言論裏面是看不出來的。

孔夫子說：「三人行，必有我師焉」，而結果是「三人行，而無我師焉。」

爲什麼？因爲：一則《三人行》的創作方法是違反第亞力克諦——辯證法的，單就三種人物的生長和轉變來看，都是沒有恰切現實生活的發展過程的。二則這篇作品甚至於反現實主義的。

　　只有開頭描寫學生寄宿舍裏的情形，還有一些自然主義的風趣。而隨後，俠義主義的貴族子弟差不多是中國現實生活裏找不出的人物；虛無主義的商人子弟又是那麼哲學化的路數，實在是誇大的，事實上這種虛無派要淺薄而卑鄙得多，至於市儈主義的農民子弟，那又寫得太落後了——比現實生活中的活人和活的鬥爭落後得多了。甚至於幾個配角，像馨女士和丫頭秋菊，也有些「非常之人」的色彩。這篇作品之中雖然沒有理想的「英雄」，可是有的是理想的「非英雄」。

　　而作者的革命的政治立場，就沒有能夠在藝術上表現出來。反而是小資產階級的市儈主義占了勝利，很自然的，對於虛無主義無意之中做了極大的讓步。只有反對個人英雄的俠義主義的鬥爭，得到了部分的勝利，可又用了過份的力量。

　　如果這篇作品可以在某種意義之下算做小資產階級革命文學的收穫，那麼，也只在於牠提出了幾個重要的問題，並且在牠的錯誤上更加提醒普洛文學的某些任務，例如新現實主義的創作方法必須正確的運用起來，去對付敵人的虛無主義等等的迷魂陣。再則，就只有零碎的片段——揭穿了那些紳士教育家等等的假面具了。如果《三人行》的作者從此也夠用極大的努力，去取得普洛的唯物辯證法的宇宙觀和創作方法，那麼，《三人行》將要是他的很有益處的失敗，並且，這是對於一般革命的作家的教訓。